院長選挙

久坂部 羊

幻冬舎文庫

院長選挙

院長選挙＊目次

おもな登場人物

吉沢アスカ　フリーライター
保利博　延明出版書籍出版局部長
郷田雄二郎　警視庁捜査一課刑事
林孝義　警視庁捜査一課刑事
宇津々利佐子　宇津々覚の未亡人

〈天都大学医学部付属病院〉
宇津々覚（故人）　元救命救急部教授（元院長）
徳富恭一　循環器内科教授（副院長）
夢野豪介　麻酔科教授（医学部長）
大小路篤郎　消化器外科教授（副院長）
百目鬼洋右　眼科教授（副院長）
鴨下徹　整形外科教授（副院長）
花田寿美代　脳外科教授
小坂井慎　救命救急部准教授
針野飛雄　心臓外科教授

灰埜世和貴　呼吸器外科教授
香澄清　泌尿器科教授
鬼怒川巌　小児科教授
本間達男　産婦人科教授
耳成功市　耳鼻科教授
羽田野毅　皮膚科教授
間戸博士　精神科教授
伊調勘蔵　消化器内科教授
蓬莱玉代　看護部長
内川京美　看護部副部長
下辺保　事務部長
服佐容太郎　薬剤部長
遠井道紀　技師部長
連藤源　放射線科教授
牌勝良子　呼吸器内科教授
茅野素子　血液内科教授
伊丹喜多郎　神経内科教授

第1章　伝説の教授室

1

『医療崩壊の救世主たち』

それが、吉沢《よしざわ》アスカが書いた企画書のタイトルだった。

企画書を持ち込んだのは延明《えんめい》出版の書籍出版局。部長の保利博《ほりひろし》は、これまでもよくアスカにライターとしての仕事をくれていた。

「医療崩壊って、今でも問題なのか。以前はマスコミが報じてたが、最近はあんまり騒いでないだろう」

「報道が下火になってるだけですよ。現場では患者のたらいまわしや医師不足など、状況はほとんど変わってませんから」

アスカが前のめりに言うと、保利は後退しかけた額に眼鏡を上げて、企画書を読み進めた。途中から徐々に興味を惹《ひ》かれたようにうなずく。

「医療崩壊の救世主として、天大《てんだい》病院の動向に焦点を当てようっていうのか。うーん、それは面白いかもしれんな。例の院長選挙にからめるんだろ」

「もちろんです」

天都《てんと》大学医学部付属病院、通称天大病院は、東大病院よりすごいと言われる国立大学病院の最高峰である。その天大病院のトップであり、かねてより日本の医療崩壊に警鐘を鳴らしていた宇津々《うつつ》覚《さとる》院長急死のニュースは、つい先日、報じられたばかりだった。死因は不整脈発作による突然死。しかし、公式発表の裏で、自殺説や事故説、さらには謀殺説までがささやかれていた。

死亡記事の写真を見ると、宇津々は白髪頭に丸い黒縁眼鏡をかけたいかにも古風な医師という風貌《ふうぼう》だった。人物評には、頭脳明晰、人格温厚、院内の人望も厚かったと書かれていた。享年六十一。

アスカが調べたところでは、宇津々は日本の医療崩壊を阻止するため、まず天大病院が先頭を切って体制を改革すべきだと主張していたようだ。それは現体制の既得権益層には目障りだったかもしれない。

医師の世界は特殊である。中でも大学病院は、『白い巨塔』のむかしから〝伏魔殿〟と呼ばれるほど、複雑怪奇な人間関係が渦巻いている。医師たちは表向きは権威を保ち、専門家としてふるまっているが、人間的な側面はあまり世間に知られていない。医療崩壊にからめて、天大病院の内実に迫るノンフィクションを書けば、日本医療の縮図が描けるかもしれない。アスカはそう意気込んでいた。

「わたし、この仕事に賭けてみようと思ってるんです」

「そうだな。君ももう三十路だもんな。そろそろノンフィクションライターとして、ブレイクしてもおかしくない年ごろだ。応援するよ」

　年の話はよけいだと思いながら、アスカは礼を言い、さっそく取材の計画を練りはじめた。

2

　最初の取材相手は、循環器内科の徳富恭一《とくとみきょういち》教授に決めた。

　徳富は天大病院に四人いる副院長の一人で、次期院長候補の最右翼と目されている人物である。年齢は五十八歳。専門は心不全で、医療関係のデータベース「メディペディア」によれば、最大の業績は、「心筋小胞体《しんきんしょうほうたい》におけるサイクリックＡＭＰ依存性のカルシウムイオン・シグナルの増強機序《きじょ》の解明」であるらしい。何のことかさっぱりわからないが、きっと心臓病の治療に大いに役立つ研究にちがいない。

　ネットで徳富の画像をさがすと、異様に愛想のいい笑顔が出てきた。薄い口髭を生やし、口を横向きの三日月のように広げて、歯を剥《む》き出している。その口元を見て、アスカは『不思議の国のアリス』に出てくるチェシャ猫を思い浮かべた。木の上でニタニタ笑っている縞模様の猫だ。ネットには講演中のスナップなどが多数アップされているが、どれも同じチェシャ猫笑いだ。

天大病院の事務局を通じて取材内容を伝えると、意外にすんなりアポが取れた。

取材の当日、アスカは保利のところに寄って、徳富に取材することを報告した。

「一番手にふさわしい相手だな。取材はどこでするんだ。徳富さんの教授室？　そりゃいい。噂で聞いたんだが、なんでもその部屋は〝伝説の教授室〟と呼ばれてるらしいからな」

「どういう意味です？」

「いや、俺もよく知らないんだ。君が行って確かめてきてくれ」

アスカは不安半分、好奇心半分で取材先に向かった。

3

天都大学の医学部付属病院は、近未来的なデザインで、来訪者を威圧するようにそびえ立っている。教授たちがいるのは後方の医学研究棟だ。

アスカはエレベーターで循環器内科の医局のある六階に上がり、薄暗い廊下を進んだ。薬品臭い冷え冷えするような空気が澱んでいる。ここは一般人がめったに足を踏み入れることのない医学研究者たちの〝象牙《ぞうげ》の塔〟だ。

教授室は突き当たりにあり、前室に秘書がいた。

「徳富先生に取材をお願いしています吉沢アスカと申します」

声をかけると、女性秘書は「お待ちしておりました」と無表情に応《こた》えた。インターカムのボタンを、モールス信号みたいなリズムで押す。

「取材予定の吉沢さまがお見えになりました」

「どうぞ」

気取った声が聞こえ、アスカは内扉をノックして入った。

教授室の第一印象は、気味が悪いほど整頓されているというものだった。無駄なものがいっさいなく、隅々まで掃き清められている感じだ。

「ようこそ。そちらにおかけください」

徳富がネットの画像と同じチェシャ猫笑いでソファを勧めてくれた。思ったより華奢《きゃしゃ》な白衣姿だ。

「今日はお忙しいところ、ありがとうございます。念のために、インタビューを録音させていただいてよろしいでしょうか」

「もちろん」

ＩＣレコーダーを準備して、無造作にテーブルに置くと、徳富は二秒ほどそれを見つめ、おもむろに三ミリほど位置を直した。わずかに斜めになっていたのが気に入らなかったらしい。徳富は極端な潔癖症なのかもしれない。

「このお部屋はすごく清潔感がありますね。すっきりしていて、気持がいいです」

「そう？」

機嫌は悪くなさそうだ。ついでに保利から聞いた噂の真相も、早めに聞いておくことにした。

「さすが超一流の先生のお部屋はちがいますね。ここは〝伝説の教授室〟とも呼ばれているとうかがいましたが」

「ははは。そんなことを言う人もいるねぇ」

「不勉強で申し訳ございません。何かいわれみたいなものはあるのでしょうか」

「それはたぶんあれだ。歴代の教授がこの部屋でさまざまなインスピレーションを得たからじゃないか。ボクが例のリアノジン受容体のパラダイムに関するアイデアを得たのも、この部屋だったからね。リアノジン受容体というのは、心筋小胞体の膜上にあるカルシウムチャネルで……」

話が専門的になったので、アスカは感心するそぶりで聞き流した。切れ目を捉えて、話を引きもどす。

「この夾雑物《きょうざつぶつ》のない雰囲気が、先生方の集中力を高めるのでしょうね」

「いや、ボクの場合は、そこにあるコズミック・ハートのおかげだよ」

振り返ると、壁際に雲形の金魚鉢のようなオブジェが置いてあった。シュールなガラス容器に、握り拳《こぶし》ほどの不定形の物体が浮かんでいる。わらび餅《もち》みたいにぷよぷよして、ショッキングピンクやエメラルドグリーンに輝きながら、リズミカルに動いている。

「これは心臓の動きを宇宙的にシンボライズしているんだ。収縮と拡張が同調してるだろう」

ふたたび話が専門的になりかけたので、アスカは慌てて遮った。

「すごいですね。このお部屋にぴったりな気がします。それであの、今日、徳富先生にうかがいたいのは、ここ十年来、問題になっている日本の医療崩壊の実態についてなんですが」

「ああ、そうだったな」

4

徳富は虚を衝《つ》かれたようだったが、すぐにもったいぶった調子で続けた。

「君ね、医療崩壊の取材で、最初にボクのところに来たのは大正解だよ」

「と、おっしゃいますと？」

「心臓を扱う我が循環器内科は、医療界でもっとも重要な科だからだ」

「はあ……」

アスカが曖昧な表情で応じると、徳富はチェシャ猫笑いを消し、まじめな口調で言った。

「君は医療界のことはあまり詳しくないようだな。まず確認するが、医学部にはメジャーの科とマイナーの科があるのは知っているかね」

「いえ」

「メジャーは内科、外科、小児科、産婦人科だ。マイナーはその他諸々の科、すなわち眼科や耳鼻科などだ」

そんな区別があるのか。相づちを打ちかねていると、徳富は仕切り直しをするように、「ウォホン」と大きな咳払いをした。

「メジャーの科とマイナーの科の区別は、もともとは国が決めていたんだ。今は制度が変わったが、我々のころは医師国家試験にもそれが表れていた」

「どういうことですか」

「医学は範囲が広いから、毎年試験に出る必修の科と、年ごとに指定される選択の科に分かれていたんだ」

「年によって、国家試験の科目がちがったんですか」

「そうだ。必修の科はさっき言ったメジャーの四科と、公衆衛生を加えた五科だ。選択の科は、内科系が皮膚科、麻酔科、放射線科と精神科。外科系が整形外科、泌尿器科、眼科と耳鼻科だった。選択の科は、毎年、内科系と外科系からそれぞれ二科ずつ選ばれる。ボクのときは、内科系は麻酔科と放射線科、外科系は整形外科と泌尿器科だった」

「ということは、先生と同じ卒業年度のお医者さんは、皮膚科とか眼科の試験は、受けてらっしゃらないんですか」

「精神科も耳鼻科も受けてない。だから、国家試験のための勉強もしていない。つまり、マイナーの科は、国が必ずしも勉強しなくてもいいと決めていたわけだ」

知らなかった。医師なら一応すべての科をマスターしていると思っていたが、どうやらちがうようだ。

「メジャーの中にもランクがあって、出題される問題数がちがっていた。臨床問題といって、患者の症状から診断名や検査を答える問題は、内科が二十問、外科が十五問、産婦人科と小児科は各十問だった。それを見ただけでも、内科がメジャーの中でもいちばんエライことがわかるだろう」

「……たしかに、そうですね」

納得はしなかったが、取り敢えずうなずく。

「内科の中にも、当然ながらランクがある」

話はまだ終わっていないとばかりに、徳富は続けた。

「以前はナンバー内科といって、第一内科とか第二内科とか言っていたが、今は臓器別に分かれている。循環器内科、呼吸器内科、消化器内科、神経内科、腎臓内科などだ。そこには自ずと序列が生まれる。つまり……」

と言いかけたとき、執務机でインターカムが「ビッ」と短く鳴った。徳富はちらと目線を投げたが、出る気配はない。

「出なくてよろしいんですか」

遠慮がちに聞くと、徳富は「あれはヒラの医局員だから放っときゃいいんだ」と答えて話をもどす。

「つまり、いわば臓器のヒエラルキーだ」

臓器のヒエラルキー？　そんな言葉ははじめて聞いた。

「少し考えればわかることだが、生命の維持に重要な臓器ほどランクが上になる。人間にとって、もっとも重要な臓器は何だ。言うまでもなく心臓だろう。心臓こそは生命活動の根源だ。脳を第一と考える者もいるかもしれんが、脳は死んでも人間は死なない。脳死になっても、人工呼吸さえ続ければ、心臓はしばらく動き続けるからな。脳幹が生きていれば、大脳が死んでいても植物状態で生きられる。しかし、心臓が止まれば、人間は即、死だ。そうだろう？」

徳富は自信満々に同意を求めた。アスカはまた取り敢えずうなずく。

「人工呼吸の観点から、肺を重視する向きもあるかもしれん。しかし、肺は心臓とちがって、自分で動くことができない。横隔膜や呼吸筋の助けを借りて、受動的に空気を吸い込んでいるだけだ。自律性がないという点で、肺は明らかに心臓に劣っている。そもそも、左右に二つあるという時点で、唯一絶対の心臓にははるかに及ばない。同じことが腎臓にも言える。予備があるということは、ひとつなくしても問題ないということだ」

徳富の主張は、とにかく心臓を優位に理屈づけることにあるようだった。

「では、肝臓はいかがでしょう」

アスカはわずかなおもねりを込めて訊《たず》ねた。何らかの答えが返ってくるだろうと予測してのことだが、案の定、徳富は余裕の表情でうなずいた。

「肝臓はたしかに重要臓器ではある。機能不全に陥れば命に関わる。それは腎臓も同じだが、緊急性においては、肝臓も腎臓も心臓の比ではない。肝不全には血漿《けっしょう》交換、腎不全には人工透析《とうせき》で対応が可能だ。どちらも心臓から血液が送られてこそ、機能が発揮できる。そういう意味でも、肝臓も腎臓も心臓に従属している」

「なるほど」

「ついでに言えば、胃や腸や胆のう、膵臓《すいぞう》、脾臓《ひぞう》などは、部分または全体を切除しても、命には関わらない。心臓とは比べものにならない存在の軽さだ。これで消化器内科の地位が低いことがわかるだろう。血液内科なんていうのもあるが、血液は心臓が全身に送ってやらないかぎり何の役にも立たない。内分泌内科に至っては、扱うホルモンなど、所詮は生命活動のスパイス程度の役割しかない。これらの事実から判断すれば、心臓を扱う我が循環器内科こそが、すべての科の頂点に立つというのは明らかだろう」

　徳富は一気に話し終え、どうだとばかりに鼻息を荒くした。

　アスカは畏《かしこ》まって聞いていたが、もちろん納得したわけではなかった。それでも一応、肯定のそぶりを見せつつ訊ねた。

「たしかにおっしゃる通りです。でも、こんなことを申し上げると、叱られるかもしれませんが、心臓を扱うのは循環器内科だけではありませんよね」

「心臓外科のことを言っているのか。バカバカしい」

　徳富はさも軽蔑するように顔を背けた。「あいつらのやっていることと言えば……」

言いかけたとき、またも執務机のインターカムが鳴った。今度は「ビーッ」と長く伸びた音だ。

「ちょっと失礼」

立ち上がって、インターカムに応答する。「だれが来たんだ」

「上野《うえの》先生が論文の件でお見えです」

「来客中だと言え」

アスカはとっさに声をかけた。

「あの、わたしでしたらどうぞお気遣いなく」

「今のは講師だからいいんだ」

ブザーの鳴り方で、相手のランクがわかるようになっているらしい。

徳富は苛立《いらだ》ったようすでソファにもどり、「何の話だっけ。ああ、心臓外科のことだな」と早口に言った。

「心臓外科にかぎらず、外科の連中がやってる手術などは、有《あ》り体《てい》に言って、患者に大怪我《おおけが》をさせるも同然の野蛮な行為じゃないか。医師免許がなきゃ傷害罪、ひとつまちがえば傷害致死罪だ。出血や感染の危険もあって、命を延ばしてるのか縮めてるのかわからん。だいたい、悪いところがあったら切るなんて、原始的な発想で知性のかけらもない。そんなヤツらが繊細な心臓を触るのは、ゴリラにガラス細工を持たせるようなものだ」

アスカは少し考え、徳富に調子を合わせた。

「たしかに最近は、カテーテル治療で、循環器内科が心臓外科のいろいろな治療を代替できるようになっていますものね」

「その通りだ。君、なかなかよく勉強しているじゃないか」

徳富がチェシャ猫笑いを復活させて目を細める。

「循環器内科はカテーテル治療の進歩で、大いに守備範囲を広げた。冠動脈疾患から弁膜症まで、血管から細い管を通すだけで、苦痛も少なく、安全かつ短期間に治療することができる。これこそソフィスティケートされた治療というものだろう。今後は心臓外科医の出番などどんどんなくなるぞ。はっはっは」

徳富があけすけに笑ったので、アスカは少し茶目っ気を出して聞いてみた。

「先生はもしかして、外科がお嫌いなんですか」

「当然だろう」

冗談のつもりで聞いたが、本気モードの返答だった。

「はっきり言って、ボクは外科の連中が医師を名乗ることにさえムカついているんだ。連中が使う道具はメスだのハサミだの、銃刀法で規制されてもおかしくない凶器だろ。消化器外科医のやっていることは魚屋同然だし、整形外科はノミとカナヅチを使ってまるで大工だ。脳外科は頭蓋骨を切るのに、電動ノコギリやドリルを使うんだぞ。とても医師のすることとは思えん。ヨーロッパではかつて、医師と言えば内科医のことだった。外科医は床屋が兼ねていたんだ。カミソリを使うからな。床屋のサインポールの赤と青は、動脈と静脈を表しているという説は、聞いたことがあるだろう」

「白は包帯を表すとも言いますね」

「ドイツでは、〝髪を切りに行く〟と言えば、オンナを買いに行くことの隠語なんだ。髪を切りに行くのは床屋で、床屋は外科医を兼ねていて、外科医には看護師がいて、看護師はかつて娼婦《しょうふ》を兼ねていたからな。それくらい外科というのは、下世話な科なんだ」

徳富の口振りは、とても外部に洩らせないほど差別的だった。内科と外科の対立はある程度予測していたが、これほど感情的にこじれているのか。先が思いやられたが、まだ肝心の医療崩壊の話は何も聞いていない。取材を進めようとしたとき、三度、執務机の上でインターカムのブザーが鳴った。

5

「ビーッ、ビーッ、ビーッ」

今度はだれが来たのかと思う間もなく、徳富が弾《はじ》かれたように立ち上がり、インターカムに飛びついた。

「いらっしゃったのか」

「はい。今、病院の総合受付からロビーを通って行かれたと」

「まずい。すぐにいつもの用意をしてくれ」

「承知しました」

二人の声が緊迫している。よほど重要な客のようだ。戸惑っていると、秘書が入ってきて、一直線に奥に向かった。執務机の後ろに扉がある。徳富が緊急事態とばかりにアスカに言った。

「君も手伝ってくれ」

「どなたがいらっしゃるんですか」

「ボクの前任の新島丈二《にいじまじょうじ》教授だ。今は国立心臓病センターの名誉顧問をされている」

徳富は机の引き出しから鍵を出して、「早くこっちへ来てくれ」と叫んだ。

扉を開くと、そこは収納庫のようで、何やら得体の知れないものが詰め込まれていた。

「全部出して並べるんだ。ぐずぐずするな」

まず目に入ったのは、等身大の無気味な木の人形だ。白塗りの草履《ぞうり》のような顔に入れ墨の紋様があり、鼻の下にはイノシシの牙がついている。腰蓑《こしみの》の隙間からのぞいているのは巨大なペニスだ。

「何ですか、これは」

「ニューギニアの魔神像だ。新島先生の〝アイデアの源泉〟だ。さあ、早く出すのを手伝ってくれ」

秘書が腰を落として、魔神の右腕を抱えて待っている。アスカは何が何だかわからないまま、魔神の左腕を持った。けっこう重い。秘書と呼吸を合わせて、収納庫から運び出す。

「そっちだ。コズミック・ハートの前に安置して」

床に下ろしながら、アスカが聞く。

「これが、〝アイデアの源泉〟なんですか」

「そうだ。新島先生はこの魔神像と対話しながら、あの有名な冠動脈のプラーク不安定化因子と、ネオプテリンの発現に関するアイデアを思いつかれたんだ」

さっぱりわからない。首を傾《かし》げていると、徳富がもどかしげに説明した。

「研究のアイデアは、机の前で考えていたって出ないんだよ。卓越した発想は思いがけない状況で湧くんだ。トイレできばった瞬間とか、バスに乗り遅れそうになって走っているときとかな。さあ、ほかにも〝アイデアの源泉〟はまだまだあるぞ。早く飾らないと、新島先生が来てしまう」

徳富に急《せ》かされて、アスカは秘書といっしょに収納庫にもどった。足元に大きなウミガメが二匹いる。秘書が軽々と持ち上げたので、剝製《はくせい》だなと思った瞬間、アスカが「きゃっ」と悲鳴を上げた。

「どうした」

「このウミガメ、頭が二つあります！」

「それは双頭《そうとう》個体だ。結合双生児、シャム双生児ともいう。新島先生の前任の大隈伸成《おおくまのぶしげ》教授が、心筋のリモデリング抑制に関するあのすばらしい天啓を得たときに、無心に磨いていたのが、この〝聖なるウミガメ〟の甲羅なんだ」

「その心筋のなんとか抑制は、どんな病気の治療に役立つのですか」

「バカ。大隈先生の業績は研究だぞ。治療になんか役立つわけないだろう」

まじめに冗談を言っているのか。反応に困っていると、後ろから秘書の声が響いた。

「次は福沢《ふくざわ》先生の曼陀羅《まんだら》をお願いします」

ふたたび収納庫に踏み込むと、奥から古い絨毯《じゅうたん》のようなものを引きずり出した。中央に千手観音が鎮座し、八体の観音像がそれを取り囲んでいる。周囲を様式化された草花や樹木が埋め尽くし、見ているだけで極楽浄土に引き込まれそうだ。

「何をぼーっとしてる。それは壁に掛けるんだ」

　徳富が焦った声を出した。アスカは秘書といっしょに畳二畳ほどもある曼陀羅を持ち上げ、ニューギニアの魔神像に向き合うように掛けた。

「これも〝アイデアの源泉〟ですか」

「そうだ。大隈先生の前任の福沢雄吉《ゆうきち》教授に、肺動脈への冷水注入による心拍出量の推定に関する刮目《かつもく》すべきインスピレーションを閃《ひらめ》かせたのが、このチベット密教カギュ派の〝両界曼陀羅〟なんだ」

「はあ……」

　もうどうでもよくなった。

「ぼんやりするな。まだ出さなきゃならんものがあるぞ。ボルネオのラフレシアのドライフラワー、ウィーンの病理解剖学博物館から持ってきた蠟《ろう》人形、アラビア半島のベドウィン愛用のラクダの鞍《くら》、ハイチでブードゥー教の儀式に使われる呪文《じゅもん》付き頭蓋骨、平安時代後期の螺鈿《らでん》紫檀《たんび》琵琶《わ》。しまってあるものを全部出して並べるんだ」

「せっかく片付けてあるのに、どうして全部出すんですか」

「そうしないと、新島先生が怒るんだ」

徳富に命じられて、アスカは秘書が出した品物を壁際や執務机の周辺に置いていった。見る見る部屋が散らかる。

「よし、君は魔神像の向こうの壁際に立って」

アスカに指示をして秘書が出て行くと、ほぼ同時にインターカムのブザーが鳴った。

6

「新島先生がお見えになりました」

「どうぞ」

秘書が扉を開くと、六十代後半らしい白髪の男性が、ステッキを片手にずかずかと入り込んできた。胸元にトルコ石や珊瑚《さんご》の首飾りを巻き、すべての指に大きな指輪をはめ、両手首には数珠や金属のブレスレットをつけて、派手な印伝《いんでん》の巾着袋を提げている。

「いよう。徳富君、元気にやっとるかね」

「これはこれは、新島先生。ようこそいらっしゃいました」

揉み手をせんばかりの低姿勢で出迎える。

「いや、別に用があって来たんじゃないがね、ときどきこの部屋が懐かしくなってね」

新島はさっきアスカが座っていたソファに座り、あたりを見まわした。

「それにしても、相変わらず君の部屋は、片付きすぎてるな」

ステッキで部屋のそこここを指しながら言う。

「ソファや机のまわりがスカスカじゃないか。こんな部屋でよくものが考えられるな。先代から受け継いだ品々だけでなく、自分でも新しいものを増やさんとインスピレーションは湧いてこないぞ」

「恐れ入ります」

「わしがセピックから持ち帰ったオンゴロの魔神は変わりないかな」

「もちろんです。そちらにいらっしゃいます」

徳富がニューギニアの魔神像に恭《うやうや》しく頭を下げる。後ろに立つアスカに気づくと、新島はステッキなど無用とばかりに突進してきた。

「これは君、新型のアンドロイドかね。よくできてるねぇ」

「いえ、先生、それは……」

「きゃっ」

いきなり頬を撫でられて、アスカは後ろに飛びすさる。

「おや、生身か。気づかんかった。わはははは」

ぜったい気づいていたはずだ。油断ならないジジイだと、アスカは相手をにらむ。

徳富が追いすがるように説明した。

「今、医療崩壊についての取材を受けていたのです」

「そうか。医療崩壊な。由々しき問題だ」

新島は口先だけで応じ、アスカに顔を近づけてくる。

「あの、何か……」

声を震わせると、新島はおもむろに上着のポケットから聴診器を取り出し、流れるような動きで耳にはめて、アスカの胸に押し当てた。アスカは壁際に追い詰められ、金縛りにあったように動けない。

新島は聴診器を動かし、耳を澄ます。しばらくしてお告げを得た霊媒師のように言い放った。

「脈拍《パルス》八十二、洞調律《サイナス・リズム》、弁狭窄《ステノーシス》なし、逆流《リガージテーション》なし、一回拍出量《ストローク・ボリューム》九十ミリリットル、循環動態、良好！」

「さすがです。新島先生」

アスカは呆気《あっけ》にとられて徳富に言った。

「何なんです」

「新島先生が君の心機能を診断してくださったんだよ。先生は聴診器ひとつで心臓のポンプ機能を診断する達人なんだよ」

「フッフッフ、健康な心臓でよかったな」

新島はアスカに顔を寄せ、鼻をひくつかせる。

「徳富君。わしはそろそろ失礼するよ。邪魔をしたな。また近いうちに寄せてもらう」

「お待ちしております」

ふと立ち止まり、思い出したように言う。

「それはそうと、院長の宇津々君は気の毒だったな。急死だと聞いたが、そんなことがあるのかねぇ。いずれ院長選挙が行われるのだろう。君は四人いる副院長の中の筆頭だったな」

「はい」

新島が念を押すように言う。

「院長選挙では、伝統を誇る我が循環器内科の名誉を汚すようなことは、よもやないだろうね」

「もちろん、でございます」

「よろしく頼むよ」

徳富が四十五度のお辞儀で見送ると、新島はステッキを手首で回転させながら、鼻歌まじりに帰って行った。

7

前室から新島の気配が消えると、徳富は苦悶の表情で顔を上げた。

「クソー、あのエロジジイめ」

顔が熟柿《じゅくし》のように赤くなっている。だれもいない扉をにらんでいたが、はっと気づいたようにアスカに言った。

「いや、君にも迷惑をかけたな。すまなかった」

「大丈夫です。ちょっとびっくりしましたが、でも、心臓の健診をしてもらったようなものですから」

「そうだな。まあ、たまには当たるから」

「たまになんですか。じゃあ、どうしてあんなに感心するようにおっしゃったんです」

徳富はソファに尻を落とし、歯ぎしりせんばかりに答えた。

「循環器内科はエリート集団だから上下関係が厳しいんだ。教授といえども、前任者には逆らえない。機嫌を損ねたらたちまち地位も権力も奪われてしまうからな」

そういうものなのか。世間では地位のある医学部の教授も、組織の中では複雑な立場のようだ。

徳富は苛立ちをくすぶらせて言い募った。

「新島先生はいわゆる〝片付けられないヒト〟なんだ。部屋がごちゃごちゃしていないと、気持が落ち着かないらしい。教授室を引き継いだときも、部屋中が珍奇な〝アイデアの源泉〟にあふれていて、まるでゴミ屋敷だった。すべて捨てることまかりならんと言われ、仕方なく教授室の後ろに壁をしつらえて、収納庫にしたんだ」

アスカは歴代の〝アイデアの源泉〟を見まわして、改めて感心した。

「でも、すごいコレクションじゃないですか。このお部屋が〝伝説の教授室〟と呼ばれる理由がわかりました」

「ボクは迷惑してるんだ。こんなゲテモノ、全部捨ててしまいたい。しかし、新島教授は収納庫に入れたのさえ気に入らず、大半の品を部屋に並べておくように命じたんだ。それではボクの息が詰まるから、ふだんは片付けておいて、新島先生が来るときだけ出すようにしてるんだ」

重いため息をつく徳富を見て、アスカはわずかに同情した。

「新島先生のさらに前任の先生にご相談されたらいかがですか。大隈先生でしたっけ。新島先生もその先生には頭が上がらないんでしょう」

「大隈先生は認知症なんだ。とても頼み事をできる状況じゃない。その上の福沢先生はもう亡くなっているし」

「じゃあ、新島先生を抑えられる人はいないんですか」

「彼はたぶん閉所恐怖症の逆で、広い部屋が苦手なんだ。それで部屋を散らかしたがる。ボクはその逆で、部屋は広ければ広いほどいい。果てしなく広くてもいいくらいだ」

そこまで言って、徳富は彼が〝アイデアの源泉〟にしているコズミック・ハートを見つめた。どぎつい色のわらび餅が、ぷるぷると震えている。徳富がはっと思いついたように手を打った。

「そうだ。教授室を拡張すればいいんだ。広々した部屋になったら、新島先生も落ち着かなくて、来なくなるだろう」

「部屋の拡張って、簡単にできるのですか」

「大丈夫だ。いい考えが閃いた」

〝アイデアの源泉〟が威力を発揮したようだ。徳富ははずみをつけてソファから立ち上がった。

「さっそく頼みに行こう」

「どこへです」

「医学部長室だ。君もいっしょに来てくれ」

「わたしもですか」

徳富が焦《じ》れったそうに追い立てる。

「マスコミ関係者がいたらプレッシャーになる。それに、君は医療崩壊の阻止のことを聞きに来たんだろう。医学部長の夢野《ゆめの》先生は、以前から医療崩壊を問題視してるから、ついでに紹介してやるよ」

天都大学の医学部長が、麻酔科の夢野豪介《ごうすけ》教授であることは、前もって調べてあった。付属病院の院長が不在の今、医学部の頂点に立つ人物だ。

徳富はアスカを急かしながら、足早にエレベーターホールに向かった。

8

エレベーターを待つ間、アスカは新島の言葉を思い出して徳富に訊ねた。

「新島先生は宇津々院長が急死されたのを、今ひとつ納得されていないようでしたが、徳富先生はどう思われますか」

「どうって、別にどうも思わんよ」

「不整脈発作による突然死だったと聞いていますが、先生の専門領域ですよね」

「何だ。何が言いたい。君はボクを疑っているのか」

驚くほど険悪な声だった。アスカは慌てて謝る。

「失礼いたしました。ただ、いろいろなことを言う人がいるもので」

「いろいろなこと？　どんなことだ」

「大したことではございません」

「かまわんから聞かせてくれ」

「単なる噂ですが、自殺説とか事故説とか……」

「それだけか」

「はい」

「ほんとうにそれだけか」

なぜか神経質になっている。

雰囲気を変えるため、アスカは徳富を持ち上げるように言った。

「新島先生は院長選挙のこともおっしゃっていましたが、徳富先生は最有力でいらっしゃるんですよね」

「まあな」

無愛想に答え、エレベーターの階表示を見上げながらつぶやくように言った。

「しかし、選挙は水ものだからな。二年前の医学部長の選挙も、夢野さんがヒョウタンから駒みたいな形で決まったんだ」

どういうことかと首を傾げると、ちょうどエレベーターの扉が開いた。徳富は先に乗り込み、最上階のボタンを押して続ける。

「医学部長の選挙のとき、各科がしのぎを削り、内科と外科とマイナーの科が三すくみの状態になった。その間隙《かんげき》を縫うように、基礎医学の教授の大半が、ダークホースだった麻酔科の夢野さんを推したんだ」

「宇津々院長の就任は三年前でしたね。院長の任期は何年ですか」

「四年だ」

なぜか不愉快そうに答える。

「じゃあ、あと一年というところで亡くなられたわけですね」

相づちも打たない。どうやら、宇津々院長のことは触れてはいけない話題のようだ。

最上階の十三階に着き、扉が開く。徳富はひとつ咳払いをして、薄暗い廊下に踏み出した。

9

「失礼します」

秘書に取り次いでもらって医学部長室に入ると、そこは明るい窓に面した快適そうな部屋だった。

執務机の夢野は小柄で、豪介という名前には似合わない貧相な風貌だ。顔の幅が狭く、口が尖っているので、魚のカワハギのような印象を与える。

「これはこれは徳富先生。どうぞ、おかけください」

夢野はていねいにソファを勧めた。向き合って座ると、徳富は例のチェシャ猫笑いを前面に押し出し、慇懃《いんぎん》に話しかけた。

「急に押しかけまして申し訳ございません。実は夢野先生にぜひ紹介したい人がおりまして」

横に座ったアスカに顔を向ける。「ノンフィクションライターの、えー、何だっけ」

「吉沢です」

「そう、吉沢さん。今日、たまたま私のところに取材に来られましてね。医療崩壊の阻止がテーマだそうで、それなら夢野先生にもぜひ紹介しておかなければならないと思いまして」

「吉沢アスカと申します。よろしくお願いいたします」

会釈すると、夢野は口をすぼめて微笑《ほほえ》み、か細い声で言った。

「医療崩壊ね。私も由々しき問題だと思っています。日本の未来がかかっていることですから」

「おっしゃる通りでございます」

徳富が強引に引き取り、早口に続けた。「たしかに由々しき問題でございますが、吉沢さんが私の部屋に取材に来て、最初に驚いたのが、なんと教授室の狭さだと言うんです」

えっ、とアスカは徳富を振り向いた。そんなことは言ってない。しかし、徳富は何食わぬ顔で話を進める。

「無理もないでしょう。循環器内科の教授室がちんけなマンションのリビングほどもないんですからな。今やちょっとした企業の社長室でも、ホテルのスイートくらいはありますからね」

「そうですな」

夢野は素直に応じる。

「教授室があまりにシャビーだと、天大病院全体の権威にも関わるのではと心配になって、急遽《きゅうきょ》、こちらへうかがった次第です。吉沢さんのように外部の人が見たら、天大病院も大したことないわねと、侮らないともかぎりませんから」

「いえ、決してそんなことは」

アスカが否定しかけると、徳富が肘《ひじ》で脇腹を小突いた。夢野は長閑《のどか》な調子で言う。

「循環器内科は、大学病院の中でもエリート中のエリートですからなぁ」

「とんでもございません。我々は内科グループの末席を汚しているにすぎませんよ」

さっきと言っていることがちがうと、アスカはあきれる。徳富はチェシャ猫笑いに猫なで声をプラスして言う。

「そこで夢野先生にご相談なのですが、医学部長の権限で教授室を拡張していただくわけにはまいりませんでしょうか」

「拡張ですか。うーむ、どうでしょう」

夢野は眉根を寄せる。難題を持ち込まれたという顔だ。

「そういえば、循環器内科の教授室は、たしか徳富先生が引き継がれたあと、収納庫を作られたんでしたな。あれで部屋が狭くなったのではありませんか」

「収納庫はトイレに毛の生えたほどのスペースですから、狭くなったといっても誤差範囲でございますよ。もっと、根本的に広げていただく必要があるかと存じます」

「と言いますと、どれくらいに？」

「最低でも今の倍」

「となると、本格的な工事ということになりますな。予算がつきますかな」

「そこを先生のお力でなんとか」

徳富がぐいと顔を近づける。夢野は反射的に上体を引く。

「秘書のいる前室との境を取り払うのはいかがです。それなら予算的にも軽微ですし、曲がりなりにも二部屋分の広さにはなるでしょう」

「いやあ、そんなことをすれば、秘書と私が同室ということになってしまいます。来客の折など、同じ部屋にいるのにインターカムを使うのは、いかにも滑稽じゃないですか。いっそのこと、教授室を別の場所に移設していただくというのはいかがでしょう」

「移設ねぇ。どこか適当な場所がありますかね」

「各科の教授室をどこかのフロアにまとめるのはどうでしょう」

「空いているフロアはありませんからねぇ」

「それでは、最上階の上に新たなフロアを造るというのはいかがです」

「それこそ、予算的にむずかしいでしょうなぁ」

「困りましたな」

「まるでどこかの基地の移設問題のようですな。ははは」

「まったくです。へへへ」

徳富の語気が緩んだのを捉えて、夢野がふたたび長閑に言った。

「なんとか、現状でご辛抱願えませんでしょうかね。医学部の予算も決して楽な状況ではありませんので」

「そうですなぁ。大きな工事はむずかしいということですな。わかりました。私のほうでもう少し考えてみます」

「よろしく、どうぞ」

徳富はあっさりと引き下がり、医学部長との面会を終えた。

帰りのエレベーターの中で、アスカが訊ねた。

「教授室の拡張はむずかしいようですね」

「そう思うかね」

徳富はキラリと横目を光らせたあと、独り言のようにつぶやいた。

「十を得ようとするときは、十を求めるようではいけない。まず百を要求する。それで却下されたら、せめて十だけでもと迫るんだ。これが駆け引きというものだよ」

10

しばらくして、徳富からアスカに電話がかかってきた。

「ボクの部屋、取り敢えずの工事が終わったから、一度、見にいらっしゃい」

「教授室が広くなったんですか」

「ああ、びっくりするほどね。ふふっ」

思わせぶりな笑い声が洩れた。

教授室は移設されたわけではないらしいので、アスカは医学研究棟の六階に上がった。秘書のいる前室も以前同様だ。

「こんにちは」

挨拶をすると、秘書がまたインターカムをモールス信号ふうに押した。

「吉沢さまがお見えです」

「どうぞ」

奥へ通って内扉をノックした。前室から見たかぎりでは工事の痕《あと》は見えない。だが、扉を開けて驚いた。前後左右の壁が、無限に広がっている。四面とも全面鏡張りだった。自分の姿が、極端な遠近法で無数に連なっている。

「やあ。広くなっただろう」

執務机の向こうから出てきた徳富が、満足そうにチェシャ猫笑いを浮かべた。

「改装の費用はもちろん医学部持ちだ。壁を鏡張りにするくらい、移設や拡張工事に比べれば、はるかに割安だからな」

「でも、この部屋、なんだか怖いんですけど」

アスカが左右を見て身体《からだ》を縮める。

「何を言ってるんだ。落ち着くじゃないか。ボクはこれで終わるつもりはない。床と天井も全面鏡張りにしようと思ってるんだ。そうすれば、この部屋は宇宙空間みたいに無限になるだろう。ボクはその中心で、無数の自分と、コズミック・ハートに囲まれて、研究のアイデアを練るんだ。きっとすばらしい発想が湧くぞ」

四方の壁に、口を横三日月に広げて歯を剝き出す教授が無数に立っている。

なるほど、ここはたしかに〝伝説の教授室〟だ。

そう思った瞬間、アスカは吐きそうになった。

第2章　手術部風呂

1

バラ色のブロッコリーみたいな大腸がんを、大小路篤郎《おおしょうじあつろう》は見事なメスさばきで切除した。さすがは消化器外科学界の大御所だと、だれもが感心しているだろう。我ながら惚《ほ》れ惚《ぼ》れする手術だと、大小路は自賛する。

「あとは頼む」

「承知いたしました」

二人の助手がマスク越しに応じ、腹腔《ふくくう》内の洗浄と腹壁の縫合にかかった。手術台を離れると、看護師長が後ろから手術ガウンを脱がせてくれる。

「お疲れさまでした」

「うむ」

手術着の上に白衣を羽織り、廊下に出た。すれちがう看護師が恭しく頭を下げる。好意と憧れの視線だ。最近、テレビでは熟年俳優が人気らしい。苦み走った風貌はオレも似たようなものだと、大小路は密《ひそ》かに自任する。この貫禄のある体形も、若い女性には風格に感じられるにちがいない。

廊下で雑談する若い医師が、大小路に気づくと話をやめて道を空けた。気持がいい。中央手術部はオレの城だ。さあ、早く控室の風呂につかって、手術の疲れを癒やそう。

大学病院の手術部には、医師用の風呂が備えつけてある。大小路はそこでのんびりと湯につかり、手術の出来映えに思いを馳せるのが好きだった。もちろん、ひとりで入るのがいい。

ところが、この日は先客があった。二つの脱衣かごに衣服が入っている。大小路はとたんに機嫌が悪くなった。いったいだれが入っているのか。かごの隙間から白衣の名札が見えた。泌尿器科の講師と助教だ。猛然と怒りが込み上げる。

泌尿器科ごときの医者が、消化器外科の教授より先に風呂に入るとは何事だ！

大小路は裸になると、タオルを片手に浴場に入った。

「ブォッホン」

わざとらしい咳払いをしてにらみつける。斜視気味の大小路の凝視は、歌舞伎の〝にらみ〟のように片目だけ寄り目になるので、怖いのを通り越して無気味に見える。湯につかっていた二人の泌尿器科医は、慌てて立ち上がりそそくさと出て行った。

ひとりになると、大小路はかけ湯をしておもむろに湯船に浸かった。全身を湯に委ね、手足を伸ばす。やっぱり風呂は独占するにかぎる。大小路は満足して天井を仰いだ。

しかし、以前、ここはもっと広い風呂だったのだ。アイツのせいで狭くなった。えい、クソッと湯を殴りつける。しぶきがはねて顔が濡れる。

あの女のことなど考えまい。せっかくひとりになったのだからのんびりすべきだ。

大小路は今終えたばかりの手術を思い返した。剝離《はくり》は順調だったし、出血も最小限で、吻合《ふんごう》も流れるようにスムーズだった。さすがはオレだとほくそ笑みかけたとき、脱衣場に人の気配がした。

だれが来たのか。しかし、消化器外科教授のオレの白衣を見れば、たいていの者は遠慮するはずだ。ところが、脱衣場の人物はおかまいなしに扉を開いた。

2

入ってきたのは、生白《なまじろ》い肌の若い男だった。おそらく研修医だろう。新卒のくせに、手術部の風呂に入るとは厚かましい。大小路は得意の〝にらみ〟で迎え撃ったが、相手は頓着せず、荒っぽく湯を汲んでかけ湯をした。しぶきが大小路のところまで飛んでくる。顔をしかめて咳払いしたが反応がない。さらに大きく咳払いをすると、ようやく気づいたらしく、

「何ですか」と怪訝《けげん》そうに聞いた。

「湯がかかるじゃないか」

「それはどうも」

どうもとは何だ。謝り方も知らないのか。

「君は研修医だな。何科の所属かね」

「外科です」

外科で研修をしていてオレを知らないのかと、大小路は眉をひそめた。

「私は消化器外科の大小路だが、君のような研修医は知らんぞ」

「呼吸器外科をまわってるんです」

恐れ入るかと思いきや、まったく平然としている。研修医は外科、内科、産婦人科、小児科などをローテートするが、外科と内科は細分化されているので、すべてをまわるわけではない。消化器外科に来ない者もいるので、顔を知らない場合もある。

かけ湯を終えると、研修医はどぶんと湯船に入った。湯があふれ、表面が波立つ。もう少し静かに入れないものか。

この研修医はそうとう図太い。将来のためにひとこと言ってやるほうがいい。

「研修医が今ごろ風呂とは、大した余裕だな」

「いえ、それほどでも」

イヤミで言ったのに謙遜している。鈍感なのかバカなのか。

「研修医ならこんなところでのんびりしていないで、病棟で勉強することがあるだろう」

返答なし。大小路はムッとして言った。

「若いうちから楽を覚えると、ロクなことはないぞ。それにまだ勤務の途中だろう」

「五時を過ぎてますから、勤務時間は終わってます」

「労働組合みたいなことを言うな。君は医師だろう。患者の病気に時間外もへったくれもないんだぞ」

「上から目線で言われたくないな」

その言葉に大小路はキレた。年甲斐もなく声が震える。

「おい、君！　私は消化器外科の教授だぞ。上から目線は当然だろう。研修医ならさっさと病棟へもどって、カルテの書き方でも覚えてこい」

「パワハラですか」

「何？」

一瞬、虚を衝かれたが、すぐに体勢を立て直した。

「バカなことを言うな。教授として当然の指導をしたまでだ。研修医の分際で、明るいうちから風呂に入るとはけしからん。名前は何というのだ」

「名前を聞いて圧力をかけようっていうんですか。それこそパワハラですよ。事情も聞かずに、入浴を自粛させようとするのも同様です。僕は昨日、重症患者の管理で病院に泊まり込んで、ほとんど寝ていないんですよ。今日も一日働きづめで、今夜だって帰れるかどうかわからない。だから、今のうちに風呂に入っておこうと思ったんです。前後の経緯も聞かず、研修医だから風呂に入るのはけしからんなんて、時代錯誤もいいところです。そんな強圧的な指導では、今の研修医は従いませんよ」

あまりの無礼さに舌がもつれた。

「君は、だ、だ、だれに向かってしゃべってるのか、わわわかっているのか」

「わかってますよ。消化器外科の大小路教授でしょ。今、自分で名乗ったじゃないですか。僕は呼吸器を専門にしようと考えてるので、消化器には興味ないんです。ローテーションで外科をまわってますが、内科志望なんで先生の医局にお世話になる予定もありません。それに、僕が教授選に出るころには、先生はとっくに引退されているでしょうし」

「ししし、失礼なことを言うな。とっとと出て行け！」

「わかりましたよ。出りゃいいんでしょ。でも、身体と頭だけは洗わせてくださいね。不潔にしてると、病棟の看護師がうるさいんで」

研修医は湯船を出ると、慌てるそぶりも見せず、持参のボディソープで身体を洗いはじめた。大小路は全力で〝にらみ〟を続けたが、研修医はどこ吹く風で、シャンプーばかりかリンスまでして、何杯も湯を浴びて出て行った。

3

まったくなんという研修医だ。

大小路は湯の中でわなわなと拳を震わせた。自分が研修医のころは、教授といえば雲の上の存在で、口をきくことさえできなかった。それが今や「上から目線で言われたくない」とは世も末だ。あの男は呼吸器外科の研修医と言ったな。灰埜《はいの》君のところだ。どんな指導をしているんだと、呼吸器外科の教授を思い浮かべて、大小路は舌打ちをした。

と、今度は二人連れが脱衣場に入ってきた。声が聞こえる。

「手術部の風呂に入れるのも、外科でローテーションしている間だけだな」

「ああ、それが外科研修の唯一のメリットさ」

また研修医だ。入ってきたら怒鳴りつけてやろうと、大小路は身構えた。するとわずかな沈黙のあとで、一人が聞こえよがしに言った。

「ところで今度の院長選挙は、四人の副院長が立候補するんだろう。本命は筆頭の徳富教授か」

はっとした。大小路も副院長の一人で、就任は循環器内科医の徳富のほうが少し早いが、年齢は六十歳の自分のほうが二歳上だ。会話に耳を澄ますと、もう一人があけすけに応じた。

「いや、徳富教授は評判がよくないらしいぞ。消化器外科の大小路教授のほうが有力って噂だ」

思わず身を乗り出す。研修医たちが入ってくる気配がしたので、大小路は湯船の隅に移動して、タオルで顔を隠した。

「あとの二人の副院長は、整形外科の鴨下《かもした》教授と、眼科の百目鬼《どうめき》教授か」

「いやあ、その二人は無理だろう。鴨下教授はまだ四十代だし、百目鬼教授は眼科だからな。マイナーの教授には院長は無理だろう」

「いや、わからんぞ。百目鬼教授は最年長だし、関東一円から白内障の患者を集めて、病院の収益に大きく貢献してるから、院内ではやりたい放題らしいぞ」

よく知ってるなと、大小路は感心する。眼科の百目鬼洋右《ようすけ》は、教授室に百万円以上もする4K液晶テレビを備えつけたり、高級ペルシャ絨毯を敷いたりしている。大学病院も経営的自立を求められる昨今、単価の高い白内障の手術で荒稼ぎをして、大きな顔をしているのだ。

「やりたい放題なら、鴨下教授も言いたい放題だろ。古い体制をぶっ壊して、天大病院を日本の最先端施設に変身させるなんて言ってるらしい」

その通りだと、大小路はうなずく。整形外科の鴨下徹《とおる》は大阪出身で、言いにくいことをバンバン発言するので、若い医師に人気がある。

大小路は顎《あご》まで湯につかり、聞き耳を立てた。利害関係のない研修医の下馬評は、案外、正確かもしれない。自分はどう見られているのか知りたいが、なかなか話題に出ない。

「じゃあ、今度の院長選挙は、どうなるかわからんということか」

「いや、僕はやっぱり大小路教授が有力だと思う。何しろ手術の腕は抜群だし、見た目も威厳があるからな」

「たしかにな。天大病院の〝顔〟としては大小路教授がふさわしいだろうな。女性医師や看護師にも人気があるし」

そこまで聞いて、大小路はたまらず振り向き、かなり軽めに咳払いをした。

「ウフォン」

「あっ、大小路先生」

「入っておられたんですか。失礼いたしました」

二人の研修医は慌てたそぶりで立ち上がり、最敬礼をした。

「いやいや、かまわんよ。君たちは研修医だな」

「はい。心臓外科で研修させていただいています」

「そうかそうか。毎日たいへんだろう」

「とんでもございません。僕たちはすぐ上がりますので、どうぞごゆっくりと」

「いやいや、もう五時を過ぎてるんだから、ゆっくりしていけばいい。ところで、君たちはなかなか見る目があるようだな。名前を聞いておこうか」

「いえ。大小路先生に名前を覚えていただくなど滅相もない」

「その通りです。とても畏《おそ》れ多くて名乗れません」

「そうか。まあ、それもいいだろう。では、私は先に上がるとするよ」

大小路は足元を確かめるようにして湯船を出た。長湯ですっかりのぼせてしまい、脳貧血を起こしそうだった。それでも機嫌はよかった。研修医の下馬評は、病院全体の傾向と見ていいだろう。

研修医たちはそのまま頭を下げていたが、大小路は上機嫌とのぼせのせいで、二人がしてやったりの目配せを交わしたのに気づかなかった。

4

数日後、吉沢アスカは『医療崩壊の救世主たち』の取材で、大小路篤郎の教授室を訪ねた。

「手術はずっと立ちっぱなしだから、全身がくたくたになる。その疲れを癒やすのに、何がいちばんいいかわかるかね」

いきなり聞かれて、アスカは答えに詰まった。

「風呂だよ風呂。長時間のオペのあとは、一秒でも早く風呂につかりたくなる。日本の大学病院はどこでも手術部に風呂がしつらえてある。欧米はシャワーだけだ。私が海外の大学から招聘《しょうへい》されても、断る理由はそれなんだ」

大小路は医療崩壊に関する質問を無視して、風呂の効能を並べ立てた。アスカは熱心に聞くふりをしながら、版元である延明出版の保利から聞いた大小路攻略のコツを思い出した。

――大小路さんはかなりのナルシストらしい。だから、まずは外見をほめることだ。

しかし、とアスカは困惑する。どこをほめればいいのか。肥満体で首が短く、下ぶくれの頰が肩のラインに直結している。目ヂカラはあるが、突出気味の眼球は左右が微妙にずれて、どこを見ているのかわからない。全体の印象は、斜視気味のトドだ。

話の切れ目を捉えて、アスカは無理をして言った。

「お話をうかがいながら思いましたが、大小路先生がオペをされているところって、きっと絵になるでしょうね」

言ってからしまったと思った。ミエミエのお世辞でムッとされるかと思いきや、大小路の反応は、笑顔の「そう？」だった。

「まあ、手術は長年やってるから、そりゃサマになってるだろう。ときどき看護師の熱い視線を感じるよ。もちろん、ボクは無視するがね」

さっきまで「私」だった一人称が、「ボク」になっている。自惚《うぬぼ》れぶりにあきれたが、取材するにはチャンスだ。

「最近は医療崩壊のあおりで、外科に入局する若手が減っているとお聞きしていますが、いかがですか」

「そうでもないよ。消化器外科は主流だからな。ローテーションでボクの手術を見て、入局を希望する者も少なくない。それに手術部の風呂もけっこう人気でね」

また風呂かと、アスカはうんざりする。大小路は何かを思い出したように、急に不愉快な顔になった。

「手術部の風呂は以前はもっと広かったんだ。ボクは京洛《きょうらく》大や阪波《はんぱ》大の風呂も知ってるが、我が天都大の風呂は日本一の広さだった。それを無理やり狭くしたヤツがいるんだ」

「どなたです」

「脳外《のうげ》の花田寿美代《はなだすみよ》だよ」

花田が脳外科の教授であることはアスカも知っていた。外科系で唯一の女性教授で、専門はマイクロサージャリー（顕微鏡手術）だ。フェミニストとしても有名で、一時期、テレビのバラエティ番組で、過激な発言を繰り返していた。

「外科系教授の紅一点ですね」

「紅一点？　バカ言っちゃいかんよ。あんなヤツを女性扱いするのは、マンドリルを人間扱いするのも同然だ。見た目だって、よくてネアンデルタール人だろう」

たしかに花田は顎が大きく、頬骨が張って、目が吊り上がっている。彼女には失礼だが、大小路の比喩《ひゆ》は当たらずといえども遠からずだ。

「最近、女の外科医が増えたせいで、二年前に花田が院長にねじ込んで、手術部に女風呂を作らせたんだ。スペースに余裕がないから、それまでの風呂を二分するしかなかった。花田は厚かましくも半々にしろと言いよったが、私がはねつけて、結局、男風呂の半分の広さで妥協したのだ。それでも男風呂は三分の一を削られた。おかげで京洛大や阪波大はもちろん、地方の大学病院の風呂より狭くなってしまったんだ。天下の天大病院の風呂がだぞ。嘆かわしい」

大小路は屈辱に耐えかねたように顔をしかめた。一人称は「私」にもどっている。

「だいたいあの花田は、顕微鏡の手術ばっかりやってるから、細かいことにこだわりすぎなんだ。何かと言えばセクハラだ、アカハラだと、うるさくてかなわん。アイツはタレント気取りで社交ダンスを習ってるんだが、うちの准教授がちょっと笑ったら、烈火のごとく怒って、謝罪文まで要求しよった」

　花田が社交ダンスをしていることは、テレビで聞いたことがあった。

「君も笑うだろう。あのごつい腰骨で社交ダンスなど似合うはずがない。なのにヤッコさん、熱心にレッスンに通って、病院の廊下を曲がるときも九十度ターンをやる。一度、アマチュアの大会に出るというので、義理で見に行ったらひどかった。ネアンデルタール顔に厚化粧をして、口紅なんか一本丸ごと使ったんじゃないかと思うほど濃く塗って、あらぬ方《かた》を見て踊っていた。気分はお城で踊るシンデレラなんだろうが、こっちから見たら、コロセウムで人間に襲いかかる野獣だ」

　大小路は花田に風呂を狭くさせられたことを、よほど腹に据えかねているようだった。

「私が院長に就任したら、何よりもまず手術部の男風呂を広くしてやる。花田には有無を言わせん。私は宇津々院長のような弱腰ではないからな」

　話がまた風呂にもどりそうだったので、アスカは相手の言葉尻を捉えて言った。

「そういえば、宇津々先生はご自宅で急死されたそうですね」

「え、ああ、いや、そうだ。救命救急部の教授だった彼が、大学病院に運ばれる前に亡くなったんだから、皮肉というか、気の毒というか」

なぜか大小路が動揺した。アスカはさらに聞いた。

「死因は不整脈の発作だと聞いていますが、不審な点もあるのではと……」

「どういうことだ。何もおかしなことはないぞ。君は公式発表を疑っているのか」

「そういうわけではありませんが」

強硬に問い詰めてくる。口をつぐんでうつむくと、大小路はイライラしながらソファの肘掛けを指で叩いた。それをピタリと止めると、何かを思いついたように声の調子を変えた。

「あ、ああ、宇津々院長の夫人のことか」

「何です」

「いや、まあ、あれだけ若くて美人だからな」

「何か噂でもあるのですか」

「うん？　いや、これは口が滑った。それより君の取材は何だった。医療崩壊？　たしかに由々しき問題だな」

明らかに話のすり替えだ。話をもどしたかったが、その前に大小路がさらに話題を移した。

「今週末、外科系医局の親睦旅行があるんだ。君もいっしょに来ないか。心臓外科、呼吸器外科、脳外科の教授も参加するから、それぞれに話を聞けばいい」

急な誘いだったが、複数の教授に取材できるのならいい機会かもしれない。

「ありがとうございます。でも、わたしのような部外者が参加してもよろしいんですか」

「ボクがいいと言ったらいいんだよ」

権力をひけらかす。

「ひとつうかがってもよろしいですか。今、外科系医局とおっしゃいましたが、整形外科の鴨下教授はいらっしゃらないんですか」

控えめに聞いたつもりだったが、大小路はまた不愉快な顔になった。

「君ね、外科というのは命に関わる病気の手術をする科なんだよ。整形外科なんて、骨と関節をいじってるだけじゃないか。あんなもの修理屋と変わらんよ。我々のように、日々、命に関わる臓器に向き合っている医師とは、緊張の度合いがちがうんだ」

そんな区別があるのか。鴨下は副院長だから、院長選挙ではライバルになるので呼ばないのではないか。その思いを抑えて聞く。

「泌尿器科も手術をしますが、外科に入らないのですか。腎臓も命に関わる臓器だと思いますが」

「泌尿器科は泌尿器科だよ。泌尿器外科とは言わんだろう。だいたい科の名前に『尿』なんて字が入っている科を、外科グループに入れるわけにはいかんよ。下《しも》の臓器を扱う汚い科ということだからな」

ひどい差別発言だが、アスカは笑顔でスルーした。

「旅行はどちらへ行かれるんですか」

「那須《なす》温泉だ。あそこはいろいろな湯が楽しめるんだ。それに宿泊予定のホテルニュー茶臼《ちゃうす》には、露天風呂つきの部屋があってね」

大小路は何を考えているのかわからない目で、無気味に笑った。

5

親睦旅行は外科系の医局員を総動員した百余名の大ツアーだった。豪華なリムジンバスが仕立てられ、それぞれの科ごとに分乗する。集合場所に行くと、アスカはいきなり花田に捕まった。

「あなたがゲストの吉沢さんね。医療崩壊の取材をしてるんですって？　あたくしがいろいろ教えてあげるわ。これでもテレビの『バラエティ脳内研究室』や『TVウラ内閣』の準レギュラーだったのよ」

「存じ上げてます。先生のコメント、いつもインパクトがありました」

「見てくれてたの。うれしいわ」

愛想よく笑うが、間近で見るとかなりの迫力だ。花田はアスカの肩を抱くようにして、大小路のほうに連れて行った。

「大小路先生。吉沢さんの席は決まってないんでしょ。だったら、あたくしたちのバスに乗ってもらいますね。よろしいですわね」

「いや、あの、彼女は私のとなりに……」

「さ、吉沢さん、行きましょう」

花田は大小路を無視して、アスカを脳外科医局のバスに促した。

バスは後部がサロン風になっている。アスカは花田のとなりに座らされ、周囲に脳外科の女性医局員が陣取った。バスが出発するや、大小路とのやり取りを見ていたらしい医局員が感心するように言った。

「さすが花田先生。大小路先生もたじたじでしたね」

「そんなことないわよ。大小路先生は副院長だし、何だかんだと言っても、腹部の手術では日本で一、二を争う名医だからね。あたくしもそれなりに認めてるのよ」

意外にも、花田は大小路を嫌ってはいないようだった。アスカは少しカマをかけて聞いてみた。

「手術部のお風呂問題では、ちょっとやり合われたとうかがってますが」

「ああ、あれね。だってこれだけ女性外科医が増えてるのに、男風呂しかないなんておかしいでしょ。あたくしが医学部に入った三十年前は、百人のクラスに女性は五人だったけど、今は三十人以上いるのよ。これからますます増えていくわ。なのに、大学病院は旧弊な男社会が残っていて、差別と偏見が横行してるのよ」

　女性医局員たちがうなずく。それに応えて、花田は得意の女権演説をはじめた。

「女性が正当な権利を主張するためには、毅然とした態度をとらなきゃだめなの。なのにナースの中には、男性医師に媚《こ》びるのがいるでしょ。それで男どもがいい気になるのよ。まさに女の敵は女ということね」

　バスは東北自動車道に入り、車窓に緑の風景が広がった。このままでは医療崩壊について聞く前に目的地に着いてしまう。アスカはタイミングを見計らって話題を変えた。

「それであの、日本の医療崩壊についてなんですが」

「その話ね。脳外科も志望者が少なくて困ってるのよ。外科系はみんな同じだけど、いつ緊急の呼び出しがあるかわからないでしょ。すぐに駆けつけないといけないから、あまりお酒も飲めないし、プライベートの時間も取りにくいの。そんな激務なのに、九時五時の科と給与体系が同じだから、若手が集まらないのよね」

「九時五時の科って何科ですか」

「内科に決まってるじゃない」

　そうなのか。内科も忙しいはずだと思ったが、花田は痛烈に批判した。

「内科医なんて聴診器を当てて薬を出してるだけなのに、自分こそが医者だみたいな顔をして、傲慢にもほどがあるわ。聴診器で診断できる病気なんて何もないのに」

「そうなんですか」

「呼吸音で肺がんは診断できないでしょ。喘息の喘鳴《ぜんめい》は聴き取れるかもしれないけど、そんなもの聴診器がなくても聞こえるわよ。不整脈や心雑音も、心電図や心エコーのほうがよっぽど正確に判定できる。打診や触診も患者をたぶらかすパフォーマンスで、お腹を押さえてしこりが触れるようなら、そのがんはもうとっくに手遅れよ。問診だって手続きにすぎないし、そんなことをするくらいなら、さっさと血液検査や画像診断をしたほうがよっぽど話が早いわ」

　患者からすれば問診や聴診は大事に思うが、医師には無駄な作業なのか。

「内科は薬がないと治療できないから、製薬会社に依存するしかないでしょ。製薬会社は薬を売るためにドクターにすり寄らざるを得ない。でも腹の中では、自分たちの薬がなきゃ医者は手も足も出ないと思ってる。内科医は自分たちが処方しなきゃ製薬会社はびた一文儲からないとふんぞり返ってる。互いに依存しながら反目してるから、人間性が歪むのよ」

花田は鼻で嗤《わら》い、軽く咳払いをした。「その点、あたくしたち外科医には、手術という実際的な治療法があるからね。手術はアートなのよ。わかる？　特に脳外科の顕微鏡手術はファインアート。すなわち芸術ね。もう『ミクロの決死圏』の世界よ。吉沢さんは知らない？　一九六〇年代のSF映画にあったのよ。医療チームをミクロ化して、患者の体内に送り込むって話」

現在三十歳のアスカが、そんな古い映画を知るわけがない。それに外科医だって医療機器メーカーに依存しているのだから、内科医と製薬会社の関係と似たようなものではないか。そう思ったが、相手を怒らせるような反問はしないにかぎる。

アスカはふたたび話題を変えて訊ねた。

「そういえば、先日亡くなられた宇津々院長はお気の毒でしたね。どんな方だったのですか」

「彼はひとことで言えば仕事中毒ね。医療崩壊を阻止するために、天大病院が率先して変わらなければならないなんて言って、病院改革を進めようとしてたからね」

「新聞の記事には院内の人望も厚かったと書いてありましたが」

「一応はね。でも、躁鬱《そううつ》っぽいとこもあったし、正義感が強いのはいいけど、ちょっと理想主義者みたいなとこもあったわね。副院長連中に言わせると、かなりの変人ってことになるんだけど」

　徳富と大小路らが変人と評したところで、彼ら自身がそうとうな変わり者なので、逆にまともなのではないかと思えてしまう。

「亡くなられたときは、救命救急部に運ぶ暇もなかったそうですね。ちょっと不審な点もあるとお聞きしてますが」

「そうなのよ。あたくしもびっくりなんだけどね」

　花田は待っていたかのように、週刊誌的興味を丸出しにしてしゃべりだした。「宇津々先生は、夜中の二時か三時に自宅の書斎で倒れたそうなの。第一発見者は利佐子《りさこ》夫人で、なぜか救急車を呼ばず、宇津々先生の部下の小坂井《こさかい》准教授に連絡したのよ。小坂井准教授は宇津々先生の死亡を確認したあと、天大病院の四人の副院長に報告して、全員すぐ病院に集まって協議したらしいわ。その結果、宇津々先生は不整脈発作で亡くなったということになったというわけ」

「救急車を呼ばなかったのはおかしいですね」

「事はすべて彼らだけで運ばれたんだからね。解剖もしてないから、死因もはっきりしないのに、徳富先生が心室細動《しんしつさいどう》だと断定したの。でも、自殺説もあるのよ。宇津々先生は病院の運営に悩んでたらしいから。もしそうだったら、天大病院には不名誉だし、マスコミも騒ぐから、みんなで病死ということにした可能性はあるわね」

「事故という可能性はないんですか。睡眠薬をのみすぎたとか、転倒して打ち所が悪かったとか」

「どうかしら。それよりもっと不穏なのは殺害説よ」

言いだしにくいことを花田のほうから持ち出したので、アスカは思わず息を吞んだ。花田は周囲の部下を気にするそぶりも見せず、推理を楽しむかのように語った。

「もし、宇津々先生が殺されたのなら、犯人はいちばん利益を得る人間ということになるわね。だけど、この場合、関わった六人全員に可能性があるの。小坂井准教授は、宇津々先生が亡くなれば教授に格上げされるだろうし、利佐子夫人は小坂井准教授と不倫の噂があって、ご主人が邪魔になっていた可能性がある。四人の副院長たちは、宇津々先生が亡くなれば院長に収まるチャンスが早々に巡ってくる」

「でも、宇津々院長の任期はあと一年だったと聞いてますが」

「ちがうのよ。宇津々先生は自分がやりはじめた病院改革を進めるために、もう一期続投すると言いだしたのよ。意欲満々で、けっこう現実味のある話だったから、副院長たちが密かに戦々兢々《せんせんきようきよう》としてたらしいわ」

「じゃあ、次にポストが空くのは五年先になるかもしれなかったんですね。それなら待てないかも」

「真実はわからないわよ。あたくしは関係ないから興味もないけど。あら、もうすぐホテルに着くんじゃない」

バスはいつの間にか那須インターチェンジを出て、那須五岳の主峰である茶臼岳の麓に近づきつつあった。

6

ホテルニュー茶臼は、茶臼岳が正面に迫る雄大なホテルだった。

バスを降りたアスカは大小路に声をかけようとしたが、そっぽを向かれた。脳外科医局のバスに乗ったのでつむじを曲げているようだ。まるで子どもだが、今は刺激しないほうがよさそうだ。

そう思っていると、後ろから「吉沢さんですね」と声をかけられた。医学部長を務める麻酔科教授の夢野豪介だ。彼もゲストとして参加しているらしかった。

「夢野先生。先日は徳富先生と突然うかがって、失礼いたしました」

「いやいや、かまいませんよ。ところで、医療崩壊の取材は順調ですか」

「けっこうむずかしいです。なかなか本質に迫れなくて」

「複雑な問題ですからねぇ。私も憂慮しておるのですよ。医療崩壊を食い止めるには、各科の協力が不可欠なんですが、なかなか思うようにいかなくて」

夢野は貧相な風貌ながら、医学部長としての志は高いようだった。

「ところで、花田先生とはバスの中でお話ししたのでしょう。針野《はりの》先生と灰埜先生の取材の予定は決まっているのですか。なんなら私が段取りをつけてあげましょうか」

「助かります」

アスカが頭を下げると、夢野は同じバスだったらしい心臓外科教授の針野飛雄《とびお》のところに行って声をかけた。針野がうなずくと、次にホテルの玄関に向かっていた呼吸器外科教授の灰埜世和貴《よわき》を呼び止め、二言三言交わして、アスカのところにもどってきた。

「針野先生は三十分後、灰埜先生は二時間後にそれぞれのお部屋で取材を受けてくれるそうです。部屋番号はチェックインしてから、フロントで聞いてください」

夢野はカワハギのような幅の狭い顔を緩めて笑った。

7

チェックインをすませたあと、アスカはノートとＩＣレコーダーを持って、心臓外科の針野の部屋を訪ねた。

針野はオールバックに銀縁眼鏡の神経質そうな医師だった。窓際のテーブルを挟んで向き合うと、「医療崩壊の取材だって？」と、苛立った声で聞いてきた。

「心臓外科も人手が足りなくて困っとるんだ。今の若いヤツは楽をして儲けることしか考えとらんからな。私らの若いころは、心臓外科といえばエリート中のエリートで、外科系の花形だった。そこでのし上がろうと思えば、二十四時間三百六十五日、私生活も犠牲にして勉強しなきゃならんかった。心臓は一瞬の油断が命取りになるからな。あらゆる臓器の中で、もっとも重要かつデリケートな臓器なんだ」

「循環器内科の徳富先生も、そうおっしゃってました」

お愛想のつもりで言うと、針野の顔が引きつった。

「心臓外科の入局者が少ないのは、徳富さんのせいでもあるんだ。彼は医学部の講義で外科を貶《おとし》めるようなことを言って、内科の希望者を増やしとる。心臓外科の治療はたいていカテーテル治療でできるとか言ってな」

「でも、すべてではないですよね。たとえば心臓移植はぜったいにカテーテル治療ではできませんもの」

「その通りだ。ところが徳富さんは、移植なんて人工心臓ができれば用なしになると言うんだ。iPS細胞を使った再生医療も、今は外科的な処置が必要だが、いずれ点滴で細胞を送る時代が来るなんて言ってな」

たしかにメスを入れるより点滴のほうがいいだろう。医療が進めば進むほど、外科の守備範囲は狭まるということか。

「私は教授選のときに徳富さんに世話になったが、露骨に外科をバカにするからアタマに来とるんだ。心臓外科を志す者がいても、どんどん循環器内科に吸い上げる。医学的に洗脳するだけでなく、研修医を寿司屋や焼き肉店に連れて行って勧誘するんだ。まったくやり方が汚い。医学生の青田買いのために、国家試験の問題作成者に接触して、情報を洩らしとるという噂さえある」

「それって大問題じゃないですか」

「いや、噂だから真実はわからんが」

針野は気まずそうに目を逸《そ》らした。半分出任せなのだろう。

そのあとも話は徳富の悪口に終始し、医療崩壊の実態についてはほとんど聞くことができなかった。

8

いったん部屋にもどり、約束の時間を待って、呼吸器外科の灰埜の部屋を訪ねた。

灰埜は座卓の前に正座して待ってくれていた。なんとなくうらぶれた感じで覇気がない。

「お疲れのところ恐れ入ります。医療崩壊の状況について、みなさんにお話をうかがっているのですが」

「私などに取材しても、お役に立てるかどうか」

声も自信なさそうだ。暗い調子で続ける。

「実は先日、大小路先生にきついお叱りを受けまして。この旅行も自宅謹慎していようかと迷ったのですが、参加は命令だとおっしゃったので来たのです」

「何かあったのですか」

「私の科の研修医が、明るいうちから手術部の風呂に入っていたそうで、しかも大小路先生のご指導をパワハラ呼ばわりしたらしく、呼吸器外科はどんな教育をしてるんだとたいへんなお怒りようなのです」

「はあ……」

くだらないことで怒るんだなとため息をつくと、灰埜はか細い声で続けた。

「医療崩壊と言われましても、私ども呼吸器外科は弱小の科でして、発言力もほとんどありません。扱う臓器が肺だけですから、肩身が狭いのです」

「どういうことです？」

「大小路先生の消化器外科は、食道から胃、十二指腸、小腸、大腸、直腸、それに肝臓、胆のう、膵臓まで、守備範囲が広いでしょう。身体の主要部分をほとんどカバーしていると言っても過言ではありません。呼吸器外科は肺だけですから」

「そんなこと、気になさらなくていいんじゃないですか」

「世間の方はそう思われるかもしれませんが、医療界では守備範囲は重要なんです」

「それなら心臓外科だって、心臓しか扱わないでしょう」

「臓器の格がちがいますよ。それに心臓は動いてますし」

「肺だって呼吸で動いているじゃありませんか」

「いやあ、肺は横隔膜と肋間筋に動かされてるだけですから」

目線を下げたまま首を振る。灰埜はああ言えばこう言うタイプの超ネガティブ人間らしい。

「だけど、呼吸が止まれば人は死ぬのですから、もっと自信をお持ちになってもよろしいんじゃないですか」

思わず慰めモードになるが、灰埜は卑屈に返す。

「たしかに呼吸器は重要です。病気だってたくさんあります。肺がん、肺炎、肺結核、自然気胸《ききょう》に肺水腫《はいすいしゅ》、肺気腫、無気肺、肺膿瘍《はいのうよう》、それに喘息、サルコイドーシスなんて病気もあります。しかし、この中で手術が必要なのは、肺がんだけなんです。あとはみんな内科の病気です。だから、呼吸器内科はいいんです。でも、呼吸器外科は存在が薄い」

ふつうはそこまで考えないと思うが、灰埜はあくまで否定的だ。なんとか考えを変えさせようと、アスカは声に力を込める。

「肺がんは命に関わる重大な病気じゃないですか。肺がんで亡くなる人は多いし、呼吸器外科の重要性も認められているんじゃないですか」

「でも、肺がんは手術で確実に治せるわけではありませんからね。再発や転移をしたら、結局、抗がん剤で内科のお世話にならざるを得ません。今は分子標的薬《ぶんしひょうてきやく》の開発も進んで、治療成績も上がっています。免疫療法のオプジーボなんて薬もできましたし、このまま行くと肺がんは薬で治るようになるかもしれない。そうなれば呼吸器外科は完全に出番を失ってしまいます。我々呼吸器外科は、医療界の絶滅危惧種なのです」

感心するほどの悲観主義ぶりだ。灰埜はさらに驚くようなことを言った。

「それに、肺はほとんど食用になりませんでしょう」

「はい？」

思わずシャレで返してしまう。

「臓器のヒエラルキーにはあらゆる側面があるのです。食用になるかどうかもそのひとつで、よく食べられる臓器は上位にランクされます。内臓系では肝臓がトップです。レバー、フォアグラがありますからね。続いてホルモン焼きの胃腸、キドニーパイの腎臓、ハツと呼ばれる心臓もコリコリしておいしいです。魚の精巣は白子として珍重され、卵巣はキャビアやイクラ、子宮はコブクロとして独特の食感があります。脳も中華料理ではご馳走だし、フレンチやイタリアンでも使われます。でも、肺はスポンジみたいで、味もなければ歯ごたえもない。ホルモン焼きの店でも置いているところは滅多にないですよ。あっても呼び名は『ふわ』ですよ。なんとも情けない」

そこまで肺を貶めなくてもいいと思うが、灰埜のマイナス思考はとどまるところを知らなかった。

「だから、私どもは医療崩壊どころじゃないんです。呼吸器外科そのものが消滅の危機に瀕しているのですからね。どうです、お役に立てなかったでしょう」

そう言って、灰埜は上目遣いに自虐の笑みを浮かべた。

9

午後六時。ホテルの大広間で宴会がはじまった。

百余名の外科医たちが、真ん中にスペースを空けて整然と膳の前に座っている。四科の教授、准教授、医局長は正面に陣取り、医局員たちを睥睨《へいげい》する趣だ。上座の真ん中はもちろん大小路である。

大小路は宴会までに大浴場、露天風呂、打たせ湯などを堪能したらしく、浴衣に半纏《はんてん》姿で胡座《あぐら》をかいている。参加者は半数以上が浴衣姿だが、花田をはじめ、女性医師たちは私服のままだ。アスカは末席でと遠慮したが、消化器外科の准教授に「あなたは大小路教授のゲストなのだから」と、強引に上座の端に座らされた。

宴の冒頭、大小路が立ち上がって挨拶のマイクを取った。

「昨今、我々外科に対する世間の期待は、日に日に高まるばかりです。理由はずばり、がんが死因ランキングのトップだからであります。我が消化器外科は、さまざまな臓器のがんを扱うことで医療に貢献しています。肺がんを扱う呼吸器外科も同様であります。死因ランキングの二位は心疾患で、心筋梗塞や弁膜症を治療する心臓外科が重きをなします。三位は脳血管障害で、脳動脈瘤や脳出血、脳腫瘍を手術する脳外科が重要な地位を占めます。このように、死因ランキングの上位が我々の扱う疾患であるかぎり、外科系医局の繁栄は続くでしょう。しかるに、近年、内科がカテーテル治療に進出し、心臓外科、脳外科の領域を侵しつつあります。繊細な技術を必要とするカテーテル治療は、本来、外科医がすべきものであって、内科医は薬の処方だけをしておればいいのであります」

大小路の両脇で、花田と針野が大きくうなずく。灰埜は卑屈に面《おもて》を伏せている。

「そもそも内科がカテーテル治療をやりだしたのは、薬で十分な治療ができないからであって、投薬で病気が治るのなら、よけいなことに手を出す必要はないのであります。がんの治療にしても、ごく一部の例外をのぞいて、抗がん剤では完治することはできません。延命の効果しかないのに、内科医はその事実を明らかにせず、患者に治るかもしれないという偽りの希望を抱かせているのです。これはもう詐欺も同然と言って過言ではない」

それは言いすぎでしょうと、アスカは密かに首を振る。

「がんは切除するのがもっとも安心、かつ、手っ取り早いのであって、抗がん剤や放射線でちまちまと小さくしても仕方がないのであります。もちろん、手術のときに転移していたり、手術後に再発するケースもありますが、そういう患者は抗がん剤や放射線でも治癒させることはできません。すなわち、治るがんは手術で治るし、手術で治せないがんは、何をやっても治らないということであります」

　話がきな臭くなってきたなと思うと、大小路は猫なで声で続けた。

「ご承知の通り、我が天大病院では、間もなく院長選挙が行われます。不肖、この大小路篤郎は、外科系医局を代表する副院長として、立候補の決意を固めております。私が勝利した暁には、院内の内科勢力を弱め、外科系重視の積極治療を実現する所存であります。そのためにも、外科系医局の結束と、諸先生方のご協力が重要であります。ここにみなさまのご支援を賜りたく、伏してお願い申し上げる次第であります」

　大小路が頭を下げると、いっせいに拍手が沸き起こった。何のことはない、この親睦旅行は院長選挙の決起集会を兼ねているようだった。

　飲み物が運ばれると、心臓外科の針野が乾杯の音頭を取った。

「それでは、外科系医局のますますの発展と、大小路先生の院長就任を祈念して、乾杯」

　全員が唱和し、賑やかな食事がはじまった。ビールが注がれ、日本酒、ワイン、ウィスキーが供されて、座は次第に入り乱れる。消化器外科の医局員が各科の幹部に酌をして、選挙協力の念押しをしている。ほかの科の医局員は、大小路のご機嫌取りに集まってくる。

「院長選挙は大小路先生で決まりでしょう」

「人望、人格、実力、いずれを見ても大小路先生の右に出る者はいませんからね」

見え透いたべんちゃらに、大小路は満足の笑みを浮かべる。酔いがまわると、集まった医師を相手に露骨な内科批判をはじめた。

「内科の連中はお高くとまっとるが、投薬なんてのは、実際、怪しいもんだ。ほとんどがプラセボ（偽薬）効果じゃないか。薬は効くと思ってのむから効くんだ」

針野が尻馬に乗って話に割り込む。

「サプリメントの類《たぐい》も同じですな。医学的に効く道理がないのに、患者はなんだか効いた気がするなんて言うから困る」

花田も皮肉っぽく言う。

「その点、外科は手術で悪いところを取るのですから、効果は明らかですわね」

「おっしゃる通りだ。内科は腫瘍に直接手出しできないものだから、理屈をこねて、効きもしない抗がん剤を投与して、自分たちの権威を守ろうとしているんだ」

周囲の医師たちは「まったく」「ほんとに」「その通り」と追従する。

アスカは離れたところで聞きながら、内科医に対する外科医の抜きがたいコンプレックスを感じた。しかし内科医もまた、前の取材で徳富がしたように、ムキになって外科を貶めるところをみると、同じくコンプレックスを抱えているにちがいない。もともと優秀な人たちなのに、大学病院のエリートという地位を手に入れてもなお、心の休まる暇がないのは気の毒なことだと、アスカは同情した。

10

飲み食いがあらかた終わると、余興の時間となった。中央のスペースを舞台代わりに、若手の医局員たちがカラオケ、漫才、ものまねなどを披露する。ものまねはもちろん、他科の教授をカリカチュアライズしたものだ。

「ここらで一度、花田先生の優雅なダンスを見せていただこうじゃないか」

大小路が唐突に言い、花田がのけぞった。

「冗談じゃないわよ。ドレスも靴もないのに踊れませんよ。それにここは畳じゃないの」

「大丈夫ですよ。お願いします。みんな、よく聞け。花田先生のダンスはすばらしいんだ。おい、カラオケ係、ワルツかタンゴの曲があるだろ」

大小路が医局員に命じて、曲を準備させる。

「だめよ。パートナーだっていないんだし」

「それなら、うちの速水《はやみ》がお相手しますよ。彼はこの日のために特別レッスンを受けたんですから」

「ええぇー」と花田がなまめかしく語尾を伸ばす。立ち上がった医局員は、長身細身のイケメンだ。おそらく大小路の指示だろう、黒ズボンに白いシャツというダンスにふさわしい出で立ちで控えている。

「花田先生、お願いしますよ」

「ぜひ、拝見したいです」

消化器外科のスタッフが花田を取り囲んで口々に所望する。

「んもう、しょうがないわねぇ」

酔いも手伝ってか、花田はごつい腰を上げて立ち、広間の中央で待ち受ける速水に近づいた。カラオケ担当の医局員が「ラ・クンパルシータ」をかける。花田は慌てて速水に組みつき、舞台さながらの真剣さでタンゴのステップを踏む。大小路が手を叩き、一座が盛り上がる。

「すばらしい。ブラヴォー。ワンダフル。吉沢君、ちょっとこっちへ」

大小路がふいにアスカを呼び寄せた。となりに座らせ、「いいねぇ。優雅だねぇ」としきりに花田のダンスをほめる。この前はネアンデルタール顔だの、コロセウムの野獣だのとこき下ろしていたのにどうしたのか。思う間もなく、上体を寄せてささやいた。

「畳で踊るのは無粋だな。地下のバーにダンスフロアがあるらしい。いっしょに行かないか」

　この誘いが何を意味するのか、アスカにはわからなかった。

「わたし、ダンスなんかしたことありませんから」

「大丈夫だ。チークダンスならステップもいらない」

　えっ、とアスカは息を詰まらせる。わたしがこのトドとチークダンス？　冗談は顔だけにしてよと思ったが、かわいいそぶりで首を振った。ところが消化器外科の医局員がアスカを取り巻き、強引に説得しはじめた。

「吉沢さん、遠慮なさらずに」

「せっかく大小路先生が誘ってくださってるんだから」

　思い切り首を振っても、ひるむ気配がない。大小路はすでに半ば腰を浮かせている。

「教授は決して悪いようにはしませんから」

　なんじゃそれは。アスカが逃げようとしたとき、頭上から甲高い声が落ちてきた。

「どうかされまして？」

　異変に気づいた花田が、ダンスを中断して大小路の前に立ちはだかっていた。大小路は慌てて弁解する。

「な、何でもありません。いや、花田先生のダンスに見とれて、私もつい踊ってみたくなった次第で。地下にダンスフロアがあるとのことですし」

花田ににらまれると、大小路はからきし弱いらしい。動揺したのか、よけいなことを口走ってしまう。

「と、ところが吉沢さんが、チークしか踊れないと言うもんだから」

「チークでしたらあたくしも得意ですのよ。大小路先生、ぜひごいっしょしていただきたいわ」

「はい、いや……、あ、そうだ。あ痛たたたぁ」

大小路が急に腰を押さえて座り込む。「私は腰痛で、ダンスは無理なんです。そうだな」

医局員に念を押す。

「その通りです。大小路先生は重症の腰痛で、絶対安静が必要なんです。今日の宴会もそうとう無理をされてまして」

「先生、そろそろお部屋で休まれたほうが」

「うむ。そうしよう。花田先生のお相手は、速水君、君が引き続きやりたまえ。くれぐれも失礼のないように」

自分は思いきり失礼な態度をとりながら、大小路は医局員に抱えられて部屋に引き揚げていった。

「速水センセ。では、地下のフロアに参りましょうか」

花田に腕を取られた速水は、頰を強ばらせて出て行った。その姿はコロセウムに引き出される哀れな闘士のように見えなくもなかった。

11

大小路がいなくなったあと、大広間に残った医師たちはひどい酔態をさらした。大声で人の悪口と下ネタを語り、だらしなく酔いつぶれ、下品に笑う。

アスカが茫然と眺めていると、麻酔科の夢野がとなりに来て座った。

「医者の宴会はひどいでしょう。ふだん体面を取り繕っている分、地元を離れると果てしなく乱れるのです。まったくお恥ずかしい」

半ば自嘲《じちよう》するように言う。酒に弱いらしく、まぶたが半分下りている。

「大小路先生の内科嫌いにも困ったもんです。外科医としてずば抜けた実績があるのだから、もう少し鷹揚《おうよう》にかまえてくれればいいんですが。徳富先生も外科を快く思っていないようだし。整形外科の鴨下先生は古い天大病院をぶっ壊すなんて言ってますし、眼科の百目鬼先生は、稼げない医者はリストラすべきだなどと息巻いているから、この調子じゃだれが院長になっても混乱は避けられないでしょう。医療崩壊の現状を考えれば、そんなことをやっている場合ではないんですが」

夢野は胡座の膝に頬杖をついてため息を洩らした。アスカは前から疑問に思っていたことを訊ねた。

「天大病院にはどうして副院長が四人もいらっしゃるんです。副院長は一人かと思ってましたが」

「今は副院長が四、五人いるところが多いですよ。業務を効率よく運営するためです。建前はそうですが、本音はポスト争いを緩和するために役職を増やしたというところじゃないですか。内閣と同じですよ。大臣病の議員が多いから、やたらと大臣ポストが増えてるでしょう」

たしかにわけのわからない職名の大臣が増えている。

しばらく話していると、消化器外科の准教授がやってきてアスカに耳打ちした。

「大小路先生がお部屋までご足労願いたいとおっしゃっています」

「どんなご用件ですか」

「いらっしゃればわかりますよ」

「そんな、わたし、困ります」

顔を背けると、准教授は妙に明るい声で言った。

「吉沢さん、なんか誤解してませんか。大小路先生は前に話した懸案に、名案を思いついたので聞いてほしいとおっしゃってるんですよ。医療崩壊にも関わることだと」

「……そうなんですか」

夢野を見ると、頬杖をついたままうつらうつらしている。アスカは一抹の不安を感じたが、滅多なことにはならないだろうと立ち上がった。

五階の客室に行くと、大小路は満面の笑みでアスカを迎えた。座卓にブランデーとフルーツが用意されている。

「さ、そこに座って」

大小路は座ったままアスカに下座を勧めた。間に大きなテーブルがあればいきなり襲われることもないだろう。

大小路がグラスにブランデーを注いで差し出す。

「まあ一杯」

「ありがとうございます」

受け取ったままテーブルに置く。硬い笑顔ではっきりと言った。

「わたし、強いお酒は飲めないんです。懸案のお話ってどのようなことでしょうか」

「そう慌てなさんな。まだ時間もたっぷりあるだろう」

「部屋で取材内容を整理したいので、あまりゆっくりできないんです。なんでしたら、明日、改めてうかがいますが」

「いや、君が急ぐんなら話すがね。ほら、例の手術部の風呂の件だ」

また風呂かと、アスカは横を向いて舌打ちしそうになった。

「バッチリ広くする方法を思いついてね。何だと思う？」

「わかりません」

「考えてみたまえよ」

大小路はブランデーを啜《すす》り、ニヤニヤ笑いを浮かべる。面倒だが、仕方なく答える。

「手術室をどれかつぶして風呂場にするとかですか」

「それは無理だろう」

「じゃあ、女湯を廃止してもとの広さにもどすんですか」

「それもだめだ。女の外科医にも風呂は必要だからな」

珍しく女性医師への配慮もしているようだ。アスカはしばらく考えて、疑わしそうに聞いた。

「まさか、徳富先生の教授室みたいに、風呂場を全面鏡にして広く見せるとかですか」

「バカ。そんなことをしたら、湯船につかっている間に四六《しろく》のガマのように脂汗をかくじゃないか」

「なら、どうするんです」

大小路はふたたびグラスを口に運び、もったいぶって答えた。

「風呂の境を取っ払って、混浴にするんだよ。そうすればもとの広さを確保できる」

「えーっ、それはいくらなんでも無理じゃありませんか」

思わず叫んだ。大小路は悪びれずに続ける。

「どうしてだ。ヨーロッパのサウナはむかしは混浴だったんだぞ。ボクがドイツに留学していたときも、保養地のサウナは混浴だった。もちろん、女性も堂々と入ってた。目的はリラックスすることだから、男も女もない。外科医なら女性でも堂々としていればいいんだ」

「でも、ここは日本ですし、風呂とサウナはちがうでしょう」

「日本だって江戸時代の湯屋は混浴だったじゃないか。だいたい外科医になろうなんて女は、中身は男なんだ。花田を見てみろ。一応、女ってことになってるが、あの骨太の身体はどう見ても女湯には似合わんだろう。アイツが裸で入ってきても、だれも見向きはせんよ。むしろ目を背ける。だったら隠す必要もないし、風呂を分ける必要もない」

あまりの暴論にどう反応していいのかわからない。大小路が膝立ちになって続けた。

「君は混浴の風呂を知らないんじゃないか。だから、いやらしいと感じるんだ。実際の混浴は健康的で気持のいいもんだよ」

「先生はご経験があるのですか」

「もちろんだ。君にも経験させてあげよう」

そう言って、大小路は部屋の奥の障子を開けた。板の間の向こうにオープンスペースがあり、薄暗がりに小さな岩風呂がしつらえてある。

「部屋つきの露天風呂だ。ここならいっしょに入っても、だれにも見られない」

大小路が素早く半纏を脱ぎ、アスカのほうに近づいてきた。

「ちょ、ちょっと待ってください」

「この旅行に参加したのは、君もそのつもりだったんだろう。君が取材に来たときから、ボクは憎からず思っていたんだ。君ならきっとボクの気持を受け止めてくれるとわかってた」

焦点の合わない目が近づいてくる。どこを見ているかわからない目で迫られるのは、見つめられるより気味が悪い。

「な、ちょっとだけだ。いっしょに湯につかるだけでいいんだ。へんなことはしない。約束する」

「だめですよ。わたし、風呂は嫌いなんです。お湯につかるとジンマシンが出て、呼吸が乱れて死にそうになるんです。お医者さんに止められてるんです。母にも外でお風呂に入るのは禁じられてるんです」

　でたらめの理由を並べるが、大小路は動じない。

「そんなこと言わないで。こっそり混浴を体験しようじゃないか。あそこは暗いから、恥ずかしいところは見えない。ボクも見ないよ。ぜったい大丈夫」

　そう言いながら目が輝いている。大小路の手がアスカに伸びる。

「頼む。ボクは君が好きなんだ。君のためなら何でもするよ。取材にも協力するし、ほかの教授にも協力させる。ボクにはそれだけの力があるんだ」

　大小路の手が腕に伸びてきた。アスカは膝立ちで後ずさっていたが、たまらず立ち上がって逃げようとした。そうはさせじと、大小路がアスカの肩をつかむ。壁際に追い詰められ、両手の壁ドンで逃げ道を塞《ふさ》がれる。

「愛してるんだ。心から君のことを。人間としても尊敬してる。だから、な」

　大小路の顔が近づいてくる。このままではキスされる。絶体絶命。そのとき、とっさに思いついた言葉を投げつけた。

「選挙の前にバラしますよ」

「何？」

大小路の動きが止まった。

「これ以上わたしに近づいたら、先生がセクハラをしたって、マスコミにバラしますよ。週刊誌は飛びつくでしょうね。天下の天大病院の院長候補の、取材記者に対するセクハラ事件ですもんね」

「ななななな、何もそんなこと」

ひるんだ隙に、腕の間を脱出した。

「今のことはなかったことにしてあげます。でも、わたしは忘れませんから」

それだけ言い残して、アスカは大小路の部屋を飛び出した。エレベーターを待つのももどかしく、非常階段で一階まで降りた。そのままホテルの外に走り出たが、おぞましい気分は消えなかった。

12

翌朝、アスカは急用ができたと理由をつけて、朝食も摂《と》らずにホテルをチェックアウトした。タクシーで那須塩原駅に行き、新幹線で東京にもどった。

大小路のエロトドめ。二度と顔も見たくないと思っていたら、しばらくして新聞に記事が出た。

『天都大消化器外科教授、セクハラで訴えられる』

元医局秘書の女性が、大小路にセクハラを受け、退職に追い込まれたとして、慰謝料三千万円を求める訴訟を起こしたというのだ。被害者はアスカだけではなかったのだ。記事によれば、女性は昨年、複数回にわたり、教授室や出張先のホテルで関係を迫られ、太ももや胸を触られるなどのセクハラ行為を受けたという。

優秀で地位も名誉もある教授が、なぜセクハラなどというくだらない行為で、すべてを失うようなことをするのか。自業自得だが、これで大小路の院長就任の目は消えるだろう。それが天大病院にとって、いいのか悪いのかはわからないけれど……。

第3章　犬猿の仲

1

「やあ、ようこそいらっしゃいました。どうぞこちらへ」

天大病院の若手副院長、鴨下徹はいかにもさわやかな笑顔で、アスカを自室に招き入れた。

『医療崩壊の救世主たち』の三番目の取材相手は、整形外科教授の鴨下にしようと、アスカは前から決めていた。まだ四十代の鴨下は、先に取材した循環器内科の徳富や、消化器外科の大小路とちがい、権威主義には染まっていないように思われた。

「吉沢さんは医療崩壊の取材をされてるんですって？　由々しき問題ですよね」

秘書がコーヒーを運んでくると、「ありがとう」と笑顔を見せ、軽快な動きで一口啜る。ブレザータイプの短い白衣もよく似合っている。気さくでざっくばらん、それでいて人を逸らさないなかなかの人物だと、アスカは好印象を抱いた。

「鴨下先生は改革派の若きエースと目されていらっしゃいますが、どのような展望をお持ちですか」

「まずは院内のシステム刷新ですね。大学病院はどこでも治療と研究を同じ医局でやっているでしょう。これでは効率が悪い。治療と研究は別々のセクションにすべきです。僕は天大病院が先頭を切って、このシステムを導入すべきだと考えています」

　なるほど斬新《ざんしん》なアイデアだ。これまでの大学病院は、治療も研究も両立しているというのがステータスだった。そのせいで虻蜂《あぶはち》取らずになっているところも多い。

「だいたい大学病院は、あれもこれも欲張りすぎなんですよ。治療、研究、教育に加え、予防医学から地域医療まで抱え込もうとしている。大学病院は病院の最高峰だから、できないものはないと言いたいんです。そんな巨大戦艦的な発想は古いですよ」

　大阪出身の鴨下は関西弁風のイントネーションでまくしたてた。過激な発言もあるが、歯に衣《きぬ》着せぬ物言いが、若手の医師に共感を広めているのもうなずける。

「鴨下先生がおっしゃった改革には、抵抗勢力も多いのではありませんか」

「でしょうね。僕みたいな若造がズバズバものを言うと、お偉方はだいたい眉をひそめますよ。でも、時代は待ってくれません。ぼやぼやしていたら、ほんとに日本の医療は崩壊します。それで困るのは患者さんです」

　患者を思う気持も強いようだ。そう思っていたら、鴨下はギアチェンジをしたように早口にしゃべりだした。

「まず打破しなければならないのは、内科と外科の覇権主義です。医療崩壊の原因を作ったのは内科と外科ですからね。彼らが膨張主義と縄張り争いで、医療の平等性を無視してきたんです。だから弱いところにしわ寄せが行って、医療のバランスが崩れた。彼らが整形外科のことを何て言ってるか知ってますか。命に関わりのない気楽な科と蔑《さげす》んでいるんですよ」

たしかに大小路はそんなことを言っていた。アスカはふと思いついて聞いてみた。

「医療崩壊については、亡くなった宇津々院長も対策を進めておられたようですね」

「えっ。ああ、宇津々先生がですか。どうかな。宇津々先生の対策なんて、ぜんぜんですよ。机上の空論というか、まったく実現性がないというか」

「そうなんですか。院長の続投を目指して、意欲満々だったとお聞きしましたが」

「いや、それは何というか、独善的暴走じゃないですか。宇津々先生は救命救急部で、院内の影響力もイマイチなのに、きれい事が好きでしたからね。おっしゃってることも、何だか神がかり的なところもあったし……」

それまで立て板に水だったのが、急にしどろもどろになった。アスカが首を傾げると、鴨下は目尻に目いっぱい皺《しわ》を寄せて、媚びるような笑みを浮かべた。

「宇津々院長の話なんかどうでもいいじゃないですか。内科と外科の連中は、整形外科を軽んじていますが、見当ちがいも甚だしい。医学が進歩すれば、病気はどんどん治るようになって、内科も外科も出番が減ります。しかし、整形外科はちがいます。けがはなくなりませんからね。さらに言えば、これから高齢者が増えて、関節痛や歩行困難が増えるでしょう。

その受け皿は整形外科です。高齢者が自立して動けるように、関節や筋肉の治療をする。整形外科こそ、これからの日本にはなくてはならない科なんです」

これでは内科と外科にケンカを売っているのも同然だ。

「ご存じの通り、天大病院では間もなく院長選挙があります。むろん、僕も立候補します。支援してくれる教授たちもいます。僕と志を同じくする先生方で、今、彼らを結集して〝反内科外科連合〟を作りつつあるんです」

「どんな科の教授たちですか」

「泌尿器科の香澄清《かすみきよし》教授、小児科の鬼怒川巌《きぬがわいわお》教授、産婦人科の本間達男《ほんまたつお》教授です。そうだ、今から彼らの話を聞いてみませんか。内科と外科がどれだけ横暴かわかりますよ」

鴨下はアスカの返事も聞かず、執務机の内線電話で連絡をした。三人の教授に医学研究棟の応接室に来てほしいと頼み、了解が得られると、アスカを追い立てるように部屋を出た。

2

応接室は医学研究棟の最上階にあった。ホールでエレベーターを待っていると、鴨下が何かを見つけて、弾かれたように後ずさった。

「おい、だれか来てくれ。タバコが落ちてるぞ」

院内PHSに怒鳴ると、医局から若い医師が二人、駆け足でやってきた。手にはポリ袋とゴミばさみを持っている。

「そこだ。早く採取しろ」

一人がスマホで現場を撮影してから、もう一人が慎重に吸い殻をポリ袋に入れる。

「まだ新しいだろう。目撃者をさがせ。防犯カメラもチェックして。容疑者が見つかったら即、DNA鑑定だ」

「了解しました」

「どうされたんですか」

アスカが聞くと、鴨下は苛立った声で答えた。

「天大病院は建物内だけじゃなく、敷地全体が禁煙なんですよ。なのにタバコを吸う不届き者がいるんです。断じて許せない」

「タバコがお嫌いなんですか」

「当然でしょう。タバコほど健康に悪いものはないですよ。空気も汚すし、有害物質もまき散らす。あんなものは麻薬と同じく法律で禁止すべきだ」

鴨下はどうやら過激な禁煙主義者のようだった。

最上階の応接室は白い壁に囲まれ、正面に大ぶりな富士山の絵が掛かっていた。鴨下が奥のソファに座り、となりにアスカが座る。呼ばれた三教授がそろって入ってくると、鴨下がアスカを紹介した。

「吉沢さんは医療崩壊をテーマに取材されてるんです。それで医療崩壊の原因である内科と外科の横暴を、みなさんに話してもらおうと思いまして」

最初に口火を切ったのは、泌尿器科の香澄だった。

「泌尿器科は手術をするので、一応、外科系に属しますが、私は消化器外科の大小路さんだけは許せませんね」

香澄は髪をきちんと整え、色白で目元も涼しげな紳士だった。白衣の糊も利いていて、名前の通り清潔感の漂う風貌だが、心中はかなり鬱屈しているようだった。

「大小路さんは泌尿器科のことを、陰で何と言っているかご存じですか。下の臓器を扱う汚い科と言ってるんですよ」

たしかにアスカもそう聞いた。

「そりゃ泌尿器科は尿を扱いますよ。しかしね、尿は清潔なんです。あなた、尿はもともと何からできているかご存じですか」

そんなことは考えたこともない。香澄は頬を上気させてアスカに告げた。

「尿は血液からできてるんです。血液を腎臓でろ過したものが尿なんです。だから完全に無菌です。尿が手についたって洗う必要はないんです。何なら尿で顔を洗ってもいいくらいだ」

いやいや、それはよくないだろうと、アスカは内心で首を振る。香澄はさらに熱弁する。

「尿管結石の手術などでは、腹腔内に尿がこぼれることがありますが、だれも気にしません。無菌ですから感染も起こらないんです。しかし、便はちがいます。便の主成分は腸内細菌の死骸です。もちろん生きた菌もいっぱいいます。だから、便が手についたら、洗うだけではすまされません。厳重に消毒する必要があるんです。そんな汚い便を入れた腸を扱う消化器外科の教授に、どうして我が泌尿器科が汚い科などと言われなければならないんです」

香澄は半ば涙声で訴える。ほかの教授たちも同情の面持ちでうなずく。香澄はさらに声のトーンを上げて言った。

「腎臓は全身の血液をろ過して、老廃物を排泄する臓器なんですよ。それを扱う泌尿器科は、身体を内側からクリーンにする科なんです。消化器外科なんか、糞袋をいじくる糞ったれの科じゃないですか」

「そうだそうだ」

両脇の二人が気炎を上げる。しかし、香澄はしょんぼりと肩を落とす。

「でも世間は理解しないのですよ。吉沢さん、あなただってそうでしょう。尿が無菌で、便が菌の塊だなんて知ってましたか。出るところが近いというだけで、世間は〝糞尿〟とか〝大小便〟とか、あたかも同類のごとくに扱う。情けないです。あなたもノンフィクションライターなら、どうか正しい知識を世間に広めてください。便は汚いけれど、尿は清潔なんです。その尿を扱う泌尿器科は、便を扱う消化器外科などより、ずっとずっときれいな科なんです」

「たしかに」と、小児科の鬼怒川が声を上げた。

「内科や外科はそういう世間の無知に乗じて、泌尿器科を貶めている。いや、我々だって同じ被害を被っているんだ。小児科と産科の医療崩壊は、同じ構造によって引き起こされたんだからな」

「どういうことです」

アスカが聞くと、鬼怒川は小児科医とは思えない鬼瓦のような顔で答えた。

「たとえば、小児科は子ども好きの医者ならできると思っとらんかね。とんでもない。いたいけな子どもが、小児がんや難病で死ぬんだぞ。何の罪もない子どもが、病魔に侵され、苦しみ、喘《あえ》ぎながら短い命を終えるさまは、子ども好きくらいではとても耐えられない」

たしかに、子どもの死に向き合うのは、大人や高齢者の死を看取《みと》るよりつらいだろう。

「内科や外科の連中は、そういうウラの事情を医学生に言いふらすんだ。子どもの死を看取るほどつらいものはないと言って、小児科の志望者を減らしよる。ほかにも、子どもは自分で症状を言えないから問診が取りにくいとか、泣かれると聴診ができないとか、注射をするにも大騒動だとか、レントゲン写真を撮るときもじっとしていないとか、ほかの科は患者だけ診《み》ればいいが、小児科は親の相手もしなければならないからたいへんだとか、たいていの親はヒステリックで心配性で、わずかな不手際も許さず、結果が悪ければすぐに医療ミスだと騒いで裁判を起こしたがるとか、病院のコンビニ受診で小児科の当直は寝られないとか、過保護な親から鬱陶《うっとう》しい話を長々と聞かされてヘトヘトになるとか言って、小児科を敬遠するように誘導しよるのだ」

鬼怒川はスタンダップカラーの白衣から、臼のように太い首をはみ出させて語った。なるほど、これではいくら子ども好きの医学生でも、小児科に進むのは躊躇《ちゅうちょ》するだろう。

「しかしだな、子どもは小さくて軽いから、ベッドや手術台に移すのも楽だし、皮膚もきれいで加齢臭もないばかりか、特有の甘酸っぱい香りさえある。子どもはウンコもそれほど臭くない。大人の便の悪臭はどうだ。脂肪とアルコールと糖質にまみれた大人は、全身、不潔と不摂生と貪欲《どんよく》の塊。そんな大人は病気になっても、治療するに値しない。私は大人が嫌いだ。大人はずるくて厚かましくて、自分勝手で欲が深い。そこへ行くと、子どもは無垢だ。

子どもこそ未来の宝。子どもを救う小児科こそ、医療の中心にあるべきなんだ」

「それを言うなら」と、産婦人科教授の本間があとに続いた。

「子どもを産む女性を診る産婦人科も、自ずと重要ということでしょう。しかるに、世間には我々産婦人科医に対する根深い誤解がありますな。たとえば、産婦人科医は女好き、はっきり言えばスケベだというような」

「そんなことはありません」

アスカは自分が問われたように首を振った。本間は薄毛に丸縁眼鏡をかけ、口は真一文字のいかにも堅物らしい表情で弁じた。

「たしかに産婦人科医は女性器を診ます。毎日、何人も、奥の奥まで診ます。羨《うらや》ましいと思う男性もいるでしょうが、大きな誤解です。女性器は秘められてこそ、魅力を発揮するのです。白昼堂々と診察の場で、ライトに照らされて、秘めるどころかこれ以上ないほど開いて見せられても、とても魅力など感じません。女性のあなたに言うのも何ですが、女性器の実物は決して美しいものではありません。あれは暗い場所で、密やかに見るものです。男性が女性器を見たいと思うのは、通常では見られないからです。ストリッパーが見えるようで見えないようにするのはそのためです」

「でも、今はネットでけっこうあからさまに見られるようですが」

「画像を見る男性はしっかりとは見ていません。見ているが観ていない。だからまた見たくなる。男性には女性器を見ることに防衛機制が働くのです。ところが産婦人科医はそれを見なければならない。どんなにグロ○○○で、おどろ△△△しい様相を呈していても、目を背けられないのです」

　本間は描写の部分をわざと聞き取りにくいように発音した。もちろんアスカは聞き返さない。

「内科や外科の連中が、医学生に産婦人科の悪口を吹き込んで、志望者を減らそうと企《たくら》むのは小児科と同じです。出産はいつあるかわからないから休みも取れないし、ゆっくり酒も飲めないとか、世間は出産は無事で当たり前だと思っているから、何かあればすぐ医療訴訟を起こすとか、妊婦の×××は動物的だとか、内診は臭いとか、診察の前夜にセックスをしてくる不届き者がいるとか、婦人科ではクラミジア、尖圭《せんけい》コンジローマ、カンジダ性腟炎《ちつえん》、巨大子宮筋腫、子宮脱、外陰がんなど、グロい病気も診ないといけないとか言って、医学生をげんなりさせるのです」

　聞いているアスカのほうが気分が悪くなりそうだった。本間はそれを察知してか、無表情に話題を変える。

「しかし、出産は太古から続く神聖な営みです。喜びの瞬間でもある。無事に赤ちゃんが生まれたときの母親の笑顔、それはどんな美人もかなわない愛と美に満ちています。あらゆる病気が克服されても、産科だけはなくなりません。お産があるかぎり、我々は必要とされるのです」

似たようなことを鴨下も言っていたなと思っていると、若い副院長は三人の発言を総括するように言った。

「出産に関わる産婦人科、日本の未来を担う子どもを治療する小児科、身体を内側からクリーンにする泌尿器科、そして老いても動ける身体を維持して自立を助ける整形外科、この四科こそが、新しい医療の中心となるべき存在だということは、おわかりでしょう。そのためにも、医療崩壊を進めた戦犯とも言うべき内科と外科を、駆逐する必要があるのです」

「それならもっとほかの科とも共闘されたらいいのではありませんか。たとえば眼科とか、耳鼻科とか、皮膚科とか……」

当然の発想だろうと思ったが、アスカが言い終わらないうちに、その場の空気が一変した。

鴨下がいきなり両手でテーブルを叩いた。

「眼科と共闘だと？　冗談じゃない！」

いったい何が逆鱗《げきりん》に触れたのか。アスカにはさっぱりわからなかった。

3

泌尿器科の香澄が軽く咳払いをして、おもむろに言った。

「吉沢さんは、医療界の実態に詳しくないから致し方ありませんが、今おっしゃった科と、我々四科とは立場が異なるのです。内科と外科は沈みゆく船も同然で、放っておいても沈没します。そうなったら我々が医療の中心となる。眼科や耳鼻科のような弱小の科の助けなど必要ないのです」

続いて小児科の鬼怒川が補足する。

「彼らは守備範囲が狭いでしょう。眼科は目だけだし、耳鼻科は耳、鼻、のどを診るが、所詮は首から上だけだ。皮膚科に至っては身体の上っ面を撫でるだけのようなものです。いわば歯科と同列なんですな。命に関わる病気も少ないし、緊急呼び出しも少ない気楽な科ですよ」

「そう」と、産婦人科の本間があとを引き取った。

「彼らはいわば趣味的な科なんです。身体の一部分に特化して、いずれも全身を診ることがない。そういう科は全体的な視野に欠けますからね。我々と同じレベルでは闘えないのです」

彼らは内科と外科が他科を見下すことを批判しながら、自分たちも思いっきり同じことをしているのに気づかないのか。なんとか流れを変えられないかと、アスカは遠慮がちに言った。

「眼科の百目鬼先生は、鴨下先生と同じ副院長でいらっしゃいますよね。それなりの発言権をお持ちじゃないでしょうか」

前に座った三人がいっせいに顔を背けた。となりで鴨下が怒りに顔を紅潮させる。

「吉沢さん。あなたは知らないでしょうが、あの百目鬼というヤツは、医師として、いや、人間として最低の男ですよ。陰険で、陰湿で、高慢ちきな糞ジジイです。白内障の手術でぁくどい儲け方をして、二言目には病院の収益だ、経済的貢献だと、カネの話を持ち出す守銭奴です。僕はあのジジイがはじめから気に食わなかったんだ」

「何かあったのですか」

「あったも何も、僕が教授に就任したとき、わざわざ挨拶に行ったのに、無視したんですよ。整形外科教授の僕がですよ、目しか診られない眼科の教授に礼を尽くしたのに、無視するなんて失礼にもほどがある」

整形外科と眼科にそんな格のちがいがあるのだろうか。たしか百目鬼は六十一歳で、四十八歳の鴨下よりひとまわり以上年長だ。百目鬼が無視したのは、鴨下の態度が横柄だったからではないのか。

「ヤツは天大病院の吉良上野介《きらこうずけのすけ》なんです。意地が悪くて、嫉妬深くて、やることが子どもじみている。この前だって、外来から病棟に上がるとき、僕がエレベーターに乗ろうとしたら、先に乗っていたヤツが『閉』のボタンを押したんですよ。こっちが急いでいるのを知りながら、そんなことをするんですから大人げないでしょう。その前は病院の駐車場が満車だったとき、一台が出そうだったので僕がバックで入れようとしたら、車が出たとたんに頭から突っ込む車があったんです。百目鬼ですよ。ジジイのくせに真っ赤なアルファロメオなんかに乗って、バカですよ。色ボケです。頭がおかしいんです。ウゥーッ」

鴨下は怒りのあまり、犬のような唸り声を洩らした。

「鴨下先生。病院の新年会でもひどかったじゃないですか」

香澄が言うと、鬼怒川と本間も「そうそう」とうなずいた。鴨下が顔を歪めて説明する。

「新年会は帝都《ていと》ホテルの中華料理のビュッフェだったんです。アワビの姿煮が一個だけ残っていたから僕が取ったら、百目鬼のジジイも狙っていたらしくて、そのアワビは私がとかなんとか、声を震わせたんです。僕が知らん顔で食べようとしたら、あの糞ジジイ、僕のネクタイに醤油をかけたんだ。信じられますか。天都大の医学部の教授がですよ」

まさかと思ったが、事実のようだ。前の三人が「あれはひどかった」などと首を振っている。

「だから僕が、そんなにアワビが食べたいなら食えよと言って、テーブルの上に投げてやった。拾ってでも食べるかと思ってね。そしたらヤッコさん、顔を真っ赤にして、横にあったシュウマイを投げつけてきた。僕もアタマに来たから、オマール海老の爪をちぎってヤツの鼻をはさんでやった。するとジジイはチャーハンを手づかみにして、バラバラと投げてきたんで、僕も負けじとフカヒレスープをお玉でひっかけてやった。そしたらジジイは年寄りとも思えない身のこなしで春巻に手を伸ばしたので、僕は北京ダックをひっつかんだ。そこでみんなに止められたんだが、ジジイは眼科の医局員にホールドされながら、泣きそうな顔で叫んだよ。高いものばっかり使うな、もったいないじゃないかってね。自分の貧乏性をさらけ出したんだ。だから、僕の勝ちなんだ。ウゥーッ」

また犬のように唸る。前の三人が拍手を送る。

鴨下が腕時計を見て、「みなさんもお忙しいでしょう。そろそろお開きにしましょう」と立ち上がった。

応接室を出たところで、アスカがつぶやいた。

「鴨下先生と百目鬼先生って、険悪そうですね」

振り向いた香澄が口元に手を当ててささやいた。

「険悪なんてもんじゃない。あの二人は文字通り、犬猿の仲ですよ」

4

鴨下の取材を終えたアスカは、その足で版元になる予定の延明出版を訪ねた。書籍出版局の保利部長に経過を報告するためだ。

報告を聞いた保利は、あきれたようにため息をついた。

「整形外科の鴨下さんと眼科の百目鬼さんは、そんなに仲が悪いのか。二人は次の院長選挙でライバルになるから、互いに牽制し合ってるんだろう」

「そんな生やさしいもんじゃないですよ。まるで子どものケンカです」

アスカは今し方聞いてきた話を伝えた。保利は椅子に浅くもたれ、むずかしい顔で首を振った。

「で、院長選挙では、四人の副院長のうちだれが優勢なんだ」

「わかりません」

「大小路さんはこの前セクハラで訴えられたから、失速したんじゃないのか」

「あれは謀略だ、名誉毀損で逆に訴えてやると、挽回《ばんかい》をねらってるようです」

「しぶといな」

「どの教授もほかの科をクソミソにけなして、自分がいちばんだと譲らないんです。あれでは医療崩壊の阻止なんて、夢のまた夢って感じです」

「だれか一人くらい、まともに日本の医療のことを考える人はいないのか」

「医学部長で麻酔科の夢野先生が頼りになるかもしれません。麻酔科は派閥争いに巻き込まれにくいし、夢野先生ご自身が医療崩壊に強い危機感を持っていらっしゃいますから」

「麻酔科の教授か……。う－ん、大丈夫か」

不安そうに眉根を寄せる保利に、アスカは思わず反論した。

「麻酔科だからどうというのは偏見じゃないですか。夢野先生は立派な教授です」

「だといいがな。ところで、医学部長と院長はどっちがえらいんだ」

「よく知りませんが、医学部長は医学部、院長は大学病院の責任者で、どちらが上ということはないでしょう」

説明してから、アスカは声をひそめた。

「それはそうと、取材した副院長の先生方に妙なところがあるんです」

「妙なところ？」

「眼科の百目鬼先生はまだですが、ほかのお三方は、宇津々先生の話を出すと、とたんにうろたえるんです」

5

数日後、鴨下からアスカに連絡があった。来週の土曜日、医局員の結婚披露宴があるから、取材を兼ねて出席しないかというのだ。

「吉沢さんは、天大病院を題材にノンフィクションを書くんでしょう。それなら表面的な取材だけでなく、ウラの実態も見るべきですよ。新郎の杉井《すぎい》信治郎《しんじろう》はスポーツ整形の専門家です。で、新婦は西上慶子《にしがみけいこ》という天大の眼科医なんですよ」

まさか。犬猿の仲の百目鬼の部下が相手なのか。信じられない思いでアスカは聞いた。

「よく結婚をお許しになりましたね」

「どうしてです。おめでたいことじゃないですか。うちの医局員が眼科の人間をヨメにすれば、情報はツーツーだし、敵を内側から攻略することもできる。眼科は北朝鮮みたいな医局だから、内部から突き崩せばイッパツですよ」

逆もあり得るとは考えないのか。思う間もなく鴨下が続けた。

「披露宴では天大病院の素顔が拝めますよ。眼科の医局がいかに異常な集団かを含めてね。だからぜひいらっしゃい」

「ありがとうございます」

不穏な空気を感じながらも、アスカは出席を承諾した。

6

杉井・西上両医師の結婚披露宴は、因縁の帝都ホテルが会場だった。

待合ロビーに行くと、早くも招待客が二手に分かれて互いに背を向けていた。整形外科側は大柄で逞しい男性が目立ち、眼科側は完璧なメイクの女性医師が存在をアピールしている。アスカは真冬のオホーツク海のような空気を感じながら、自分の居場所をさがした。

エスカレーター脇の椅子に、麻酔科教授の夢野が座っていた。瞑目《めいもく》しながら、思い出し笑いをしている。アスカは近づいて声をかけた。

「こんにちは」

「吉沢さん。あなたも招待されていたんですか。まあ、どうぞ」

勧められてとなりに座る。

「鴨下先生と百目鬼先生はかなり険悪だそうですが、今日の披露宴は大丈夫でしょうか」

「困ったものですね。医療崩壊を阻止するためにも、天大病院が一丸となって改革に取り組まなければならないというのに」

やはり夢野は医療崩壊のことを考えているようだ。ところが表情に深刻さがない。

「失礼ですけど、夢野先生は今、おひとりで笑っていらっしゃいましたよね。何かおかしいことがあったのですか」

「これはえらいところを見られましたな。実は今、落語にハマってましてね。新宿の末廣亭《すえひろ》や上野の鈴本《すずもと》演芸場に行くんですよ。落語はいいですよ。浮世の憂さを忘れさせてくれますから。ダジャレで笑わせて、『えー、おあとがよろしいようで』なんて言ってすっと下がる。アタシも一度やってみたいくらいですよ」

口調がなんだか芸人っぽくなっている。

「鴨下先生も百目鬼先生もまだお見えでないようですね」

「百目鬼先生はさっき会場に入って行きましたよ。下見をしてるんじゃないですか。ほら、出てきた」

会場の扉から、タキシードを着た長身白髪の男性が出てきた。部下に何か指示して、どっかとソファに座る。

「ご紹介していただけますか。わたし、百目鬼先生ははじめてなんです」

「いいですよ」

夢野は気さくに立ち上がると、百目鬼のほうに歩いて行った。話しかけようとしたとき、宴会係があたふたとやってきて、百目鬼に頭を下げた。

「申し訳ございません。ホテルとして当然の配慮に欠けておりました」

「まったくけしからん」

百目鬼は腕組みをして怒鳴った。夢野が横から割って入る。

「どうかしましたか」

「会場をチェックしたら、灰皿を置いたテーブルがあるんですよ。窓もない部屋でタバコを吸わすんですか、このホテルは」

宴会係がしどろもどろに弁解する。

「ご招待客さまからリクエストがございまして、わたくしどもも迷ったのですが、その方のお席にだけと思いまして」

「バカ者！　煙はその客の席だけにとどまらんだろう。においも広がるから料理が台無しになるじゃないか」

「ごもっともでございます。さっそく片付けさせますので、どうぞご寛恕《かんじょ》を」

宴会係は何度もお辞儀をして会場にもどって行った。

百目鬼は憤懣《ふんまん》やるかたないようすだったが、夢野は頓着せずに言った。

「百目鬼先生。紹介させてください。こちらはノンフィクションライターの吉沢さん。医療崩壊をテーマに天大病院の取材をしてらっしゃるんです」

「吉沢アスカと申します。よろしくお願いいたします」

ていねいに会釈すると、百目鬼はアスカを斜めににらみ、眉間《みけん》の皺を深めた。

「副院長を順に取材してる人だな。どうしてわしが最後なんだ」

いきなり詰問されて、アスカは困惑した。

「徳富さんと大小路さんはわからんでもないが、鴨下のほうが先とはどういうことだ。君は眼科を整形外科より下に見てるのか」

「とんでもございません。たまたま鴨下先生のほうに先に連絡がつきましたので」

必死に恐縮すると、百目鬼は意外にあっさり矛を収めた。

「まあ、君にも都合があるんだろう。それでも最低限の常識はわきまえてもらわんと困るよ」

「承知いたしました。申し訳ございません」

アスカは今一度深々と頭を下げてその場を離れた。夢野が慰めるように言う。

「大丈夫だ。百目鬼先生も院長選挙にメディアの影響が大きいのはわかってるから、尾を引くようなことはないさ。それにしても、灰皿くらいであんなに怒らんでもいいのにな」

あきれるように苦笑して、エスカレーター脇の椅子にもどった。

7

定時になり、招待客がパーティ会場に入りはじめた。テーブルは中央の主賓席をはじめ、右側に整形外科、左側に眼科と対峙《たいじ》している。アスカは中央のテーブルで、夢野のとなりの席に座る。

客が着席すると、司会の若手医局員がマイクを取った。整形外科は弁の立つ関西男、眼科は高飛車な東京女という感じで、まずは無難に声をそろえた。

「新郎新婦のご入場です。みなさま、拍手でお迎えください」

ホテルマンの先導で晴れ着姿の二人が入ってくる。両陣営をジグザグにまわるので時間がかかり、アスカは途中で拍手の腕がだるくなる。

「それでは新郎側の主賓よりご挨拶をいただきます」

関西弁のイントネーションで鴨下が紹介され、右側から盛大な拍手が湧いた。鴨下は持ち前のさわやかさで列席者にアピールする。

「新郎の杉井君は、スポーツ整形の専門家として注目される気鋭の医師です。プロのアスリートも治療しますから、新婦の慶子さんは有名なプロ選手のサインなどはもらい放題ですよ。場合によったら、いっしょに食事をする機会があるかもしれません。友だちが羨ましがりますよ。実にいい夫君を選ばれました」

恩着せがましく言ったあと、整形外科を持ち上げる話にシフトする。

「ご承知の通り、整形外科は頭のてっぺんから足の先まで、あらゆる骨や関節、筋肉を治療の対象としています。守備範囲が広いんです。一部の臓器にこだわって、狭いところでコセコセと治療する科とはわけがちがいます。日本は超高齢社会を迎えており、高齢者の自立が重要になってきます。そのためにはまず歩けなくてはなりません。整形外科は高齢者の歩行や移動を保証する科であり、いわば日本の未来を支える科でもあるのです」

右側が盛り上がり、口笛で囃《はや》し立てる者もいる。左側は露骨に不快感をにじませている。その憤懣を和らげるように、眼科の女性司会者が歯切れよく言った。

「鴨下先生。見事な自画自賛のスピーチをありがとうございました。続きまして新婦側の主賓より挨拶を賜ります」

左側からの拍手に送られ、百目鬼がおもむろにマイクに向かう。

「新婦の慶子さんは、レーシックの専門医で手術の腕は抜群。将来、開業すれば患者が列をなすのはまちがいありません。レーシックは高額治療ですから、収入もそこらの勤務医をはるかに凌駕《りょうが》すること請け合いです。新郎は妻が自分より稼いでも、ゆめゆめ嫉妬されぬよう、今から心の準備をお願いいたします。その代わり、経済的な不安もなく、生活が保証されるわけですから、誠によい伴侶に恵まれたと言えるでしょう」

ありがたがらせるだけでなく、嫌味も付け加えて、百目鬼は眼科の重要性を強調した。

「眼科は決して目だけを診ているのではありません。眼底の血管には、全身の動脈硬化が反映されます。眼底を診れば、心筋梗塞や脳梗塞など、命に関わる病気の予防もできるのです。超高齢社会の日本では、目にトラブルを抱えている高齢者が実に多い。白内障、緑内障、網膜剝離に眼底出血、加齢性黄斑《おうはん》変性症もあります。身体がいくら動いても、目が見えなければ何の役にも立ちません。それこそお先真っ暗でしょう」

左側が大いにウケる。右側はお通夜のように白けている。

百目鬼が挨拶を終えると、整形外科の男性司会者が慇懃無礼に言った。

「関西人よりおもろいスピーチ、誠にありがとうございます。これなら退官後も十分、芸人として通用しはります」

続いて乾杯の音頭は、新郎新婦の高校時代の恩師が指名された。二人は大学のみならず、高校からの同級生らしかった。恩師は緊張の面持ちでマイクの前に立った。

「杉井君、慶子さん、ご結婚おめでとうございます。ご両家のみなさまにおかれましては、今日のよき日を心よりお祝い申し上げます」

ありきたりな祝辞が、そこはかとない安心感を与える。恩師は高校時代の二人がいかに優秀で仲がよかったかを強調して、声を高めた。

「それではご唱和願います。乾杯！」

両陣営とも声を合わせる。ケーキカットに続いて豪華な食事がはじまると、しばし休戦の様相となった。

8

新郎新婦がお色直しに退出すると、まず新郎の両親が夢野のところにやってきた。キツネ目の父親がビールを注ぎながら、耳元でささやく。

「大きな声では言えませんが、杉井の親戚は私を含め、整形外科医が多いんですよ。先方は眼科でしょう。どうもねぇ、目しか診られなくて一人前の医師と言えるんでしょうかね。それに眼科は目に注射したりもするでしょう。恐ろしいですね。手術のときはまばたきができないように、まぶたを固定する器具を使ったり、病気によっては眼球をくり抜いたりもする。残酷ですよね。考えただけでもぞっとします」

「いやいや、はははは」

夢野は乾いた笑いでやりすごす。

続いて新婦の両親が近づいてきた。こちらはタヌキ顔の母親がワインを差し出す。夢野がグラスの残りを空けると、上品な手つきで注ぎながら言う。

「慶子は自慢の娘でしてね。母親のわたしが言うのも何なんですが、品よく育てたつもりです。気がかりは、先さまが整形外科だということでございますの。あの科はとかく腕力を使いますでしょう。牽引だとか、ギプスで固めるだとか。手術器具だってハンマーやノミを使いますし、糖尿病で足が腐ればすぐ切断したがるし、背骨を金属棒で固定したり、骨をノコギリで切ったり、野蛮ですわよねぇ。人間の身体を何だと思ってるんでしょう。おおいやだ」

「いやはや、まったく」

夢野はワインを口に含んで曖昧に受け流す。しばらくして後ろを振り返ると、キツネ目とタヌキ顔が満面の笑みで挨拶を交わしていた。

「まったく非の打ち所のないお嬢さまで、信治郎は三国一《さんごくいち》の果報者です」

「慶子こそ、将来有望なご子息といっしょになれて、世界一の幸せ者ですわ」

「眼科の親戚ができれば、将来、目の病気は心配無用ですな。わははは」

「整形外科の身内ができれば、足腰が弱ることもございませんわね。おほほほ」

キツネとタヌキの化かし合いかと、アスカはあきれる。

新郎新婦がいない間、座持ちをするように整形外科の司会者がマイクを取った。

「お色直しを待つ間、少々みなさんのお耳を拝借いたします。藤枝静男《ふじえだしずお》という作家をご存じでしょうか。この人は眼科医で、一九六八年に『空気頭』という作品で芸術選奨文部大臣賞を受賞しています」

相手方の出身作家をほめるのかと思いきや、面白おかしく語りだす。

「この『空気頭』というのが、ぶっ飛びのスカトロ小説なんです。主人公は愛人を征服するために、中国の古い医書にならい、人糞を大量に集めてそのエキスを飲むんですが、やがて愛人の身体からも糞臭がしてくるという話なんです。眼球の下に管を差し込み、脳に空気を入れて、精神不安を治療するなど、さすがは眼科医と感心させられる記述もあります。これが〝私小説〟と言われてるんですから驚きですよね」

右側の陣営からあからさまな失笑が洩れる。眼科の司会者が猛然とくってかかる。

「ちょっと、おかしなところだけ紹介しないでよ。藤枝静男は芸術選奨のほかに谷崎潤一郎賞や野間文芸賞も受賞している立派な作家です。作家と言えば、整形外科医にもご立派な方がいらしたわよね」

挑発的な口振りで笑みを浮かべる。

「そう。みなさまご存じの渡辺淳一《わたなべじゅんいち》センセイです。性愛の大家なんて言われてますが、単なる女好きでしょ。『失楽園』だの『愛の流刑地』だの、公序良俗に反することばかりじゃない。二作とも新聞連載だったけど、朝っぱらからエロ小説を読まされる読者はたまったもんじゃなかったそうよ」

整形外科の司会者が関西弁丸出しで反論する。

「エロのどこがあかんねん。エロティシズムは人間の根源に関わる文学的テーマやないか。それに『失楽園』は累計三百万部の大々ベストセラーやで。藤枝静男の変態スカトロ小説とはレベルがちがうわ」

「冗談じゃないわよ。藤枝静男は純文学作家です。医師としても渡辺淳一なんかよりずっと長く患者のために働いたし」

「渡辺淳一は大学の講師まで務めたんやで。開業医とは大ちがいや」

「でも、八十歳で死んだじゃない。藤枝静男は八十五歳まで生きたのよ」

「長生きがえらいんか。渡辺淳一は女にモテたし、札幌には文学館もあるぞ」

「博物館とかベストセラーなら、シャーロック・ホームズの生みの親のコナン・ドイルも眼科で開業してますからね。整形外科医で世界的な作家はいるの。いないでしょう」

言い合いがエスカレートしかけたとき、宴会係が二人に耳打ちをした。二人は軽く咳払いをして舌戦を中断した。

「お色直しが整ったようです。みなさま、再度、拍手でお迎えください」

9

着飾った新郎新婦がふたたび時間をかけてキャンドルサービスをしてまわる。テーブルにはまだ料理が残っていたが、デザートとコーヒーが供された。

「次は若手の医局員によるアトラクションです。まずは新郎の後輩たちによる〝2001オルソペディクス（整形外科）・オデッセイ〟です。どうぞ」

整形外科の司会者が言うと、明かりが消えて、リヒャルト・シュトラウスの「ツァラトゥストラはかく語りき」が荘厳に鳴り響いた。横の舞台にスポットライトが当たり、大腿骨の着ぐるみを着た医師が浮かび上がる。黒子姿の医師が両側から勢いよく持ち上げると、骨は空中で宇宙船の着ぐるみに早変わりした。映画『2001年宇宙の旅《スペース・オデッセイ》』のパロディだ。骨を扱う整形外科が、宇宙でも通用する技術に発展するという意味だろうか。

明かりがつくと、横手からロボットスーツを装着した医師が現れた。いかにもロボットらしく歩き、舞台正面に立つ。白手袋をはめた別の医師が説明する。

「これは我が天都大整形外科医局が、未来工学センターと共同で開発した新型のロボットスーツです」

パワーユニットやコントローラーの説明をしたあと、白手袋は「では、ロボットスーツの実力をお目にかけましょう」と宣する。黒子姿の二人が作り物の米俵を重そうに運んでくる。ロボットスーツの医師は大袈裟に構えて両手で一気に持ち上げる。拍手が起こると、黒子が片手でさっさと片付け、全員がコケる。

「失礼しました。ロボットスーツの実力はこんなものではありません」

白手袋が言うと、横手からシンデレラのようなドレスを着た男性医師が登場する。ロボットスーツの医師は軽々とお姫さま抱っこをする。

「ロボットスーツを着用すれば、このようにいくつになっても愛妻を抱き上げることができるのです。杉井先生、慶子さん、末永くお幸せに！」

会場の右半分が笑いと拍手で覆われ、左半分には「何、それ」という冷ややかな空気が流れる。

「整形外科のみなさん、ふたたび自画自賛的滑稽な出し物、ありがとうございました。さて次は我が眼科医局が誇るゆるキャラ、〝眼球ガールズ〟の登場です。どうぞ拍手をもってお迎えください」

会場後方の扉が開くと、眼球の着ぐるみを着た五人の女性医師が、手を振りながら入ってきた。一メートルほどの球体で、前に黒目があり、白目に開けた穴から手足と頭が出ている。五人は舞台に勢ぞろいすると、「信治郎先生、慶子先生、お目でとうございます」と、「目」を強調して一礼した。

順にマイクを持って祝辞を述べる。

「新郎の信治郎先生、眼科の医師をパートナーに選ぶなんて、ほんとうにお目が高い」

「たしかに目のつけどころがよろしいです。慶子先生は目から鼻へ抜ける優秀な先生ですから、きっといい目が見られるでしょう」

二人目が終わると、追いかけるように三人目が言う。

「慶子先生は天大病院でも目を惹く美人で、百目鬼教授からも一目置かれる存在ですからね」

「信治郎先生も慶子先生とお暮らしになったら、眼科のすばらしさに、目からウロコが落ちるでしょう。目は口ほどにものを言う、目は心の鏡とも申します。目はそれほど重要な臓器ということです。整形外科なんか目じゃありませんわ」

　左側から「その通り！」とだれかが言う。右側の医師たちは上目遣いでにらみはじめる。

　五人目がよく通る声で滑らかに言う。

「信治郎先生には慶子先生を目に入れても痛くないほどかわいがっていただき、つまらぬことには目くじらを立てず、少々のことは大目に見て、だれかさんのように眼科を目の敵にせず、どうぞ仲のいいご家庭をお作りください。わたしたちの目の黒いうちは、目に余る行為や、よその女性に目を奪われることなどないように、目を光らせておりますので、どうぞそのおつもりで」

　左側からヤンヤの喝采が起こる。酒が入っているせいか、テーブルを叩いて喝采する者もいる。右側のテーブルには、腰に刀があれば柄《つか》に手をかけんばかりの険悪な空気が漂っている。鴨下も赤い顔でアトラクションを見ているが、「だれかさんのように」と揶揄《やゆ》されてこめかみをピクピクとけいれんさせた。

　マイクがもどると、ふたたび右端の〝眼球ガール〟が言った。

「僭越ながら信治郎先生に助言させていただきます。幸せな家庭を作るには、骨身を惜しまず働かなければなりません」

　今度は骨尽くしのようだ。二人目にマイクをまわす。

「そうです。慶子先生との家庭に骨を埋めるおつもりで頑張ってください」

三人目。「西上先生があまりにお美しいので、骨抜きにならぬよう」

四人目。「業績がふるわなくて、どこの馬の骨などと言われぬよう」

五人目。「はたまた整形外科にこだわりすぎて、骨折り損のくたびれもうけにならないように」

そのあと全員で声をそろえる。

「目を皿のようにして見ておりますので、目に物見せられませぬよう、どうぞよろしくお願いいたします」

全員がお辞儀をしたとき、主賓席の右側にいた鴨下が、我慢しきれないように立ち上がった。

10

「ふざけるのもいい加減にしろ。黙って聞いてりゃ、どこの馬の骨だの、骨折り損だの、骨をバカにするにもほどがある。だいたい何だ、その気色の悪い目玉のバケモノは」

整形外科の司会者が同調する。

「ほんまや。鬼太郎の目玉おやじのほうがよっぽどかわいいぞ」

眼科の司会者が応戦する。

「さっきの大腿骨の着ぐるみこそ何よ。ゆるキャラも作れない科にえらそうに言われたくないわ」

日本酒で猿のように顔を赤くした百目鬼が立ち上がり、司会者にマイクを要求した。

「〝眼球ガールズ〟は、我が眼科の大切なマスコットである。バケモノ呼ばわりは断じて許さん。発言を撤回して謝罪してもらいたい」

鴨下も前に進み出て、司会者からマイクを奪い取り、百目鬼のほうにぐいっと顔を突き出す。

「バケモノだからバケモノと言ったまでだ。たかがゆるキャラに、謝罪なんてあほらしい。そんなだから眼科は目先のことに囚われて、視野が狭いと言われるんだ」

さっきのお返しとばかり、目に関する部分を強調する。右側から高笑いが響き、百目鬼は怒りに声を震わせる。

「またも暴言。だいたい最初のスピーチから眼科を誹謗《ひぼう》しおって、これがめでたい祝いの席だというのがわからんのか。悪口は無駄骨に終わることも知らず、骨の髄まで腐っとるようだな」

今度は左側から喝采が湧き、百目鬼は軽く右手で応える。

酔った勢いで双方とも言葉が荒くなる。

「眼科なんか目しか診られんくせに、えらそうにするな」

「そう言う整形外科は骨と関節しか診られんじゃないか。しかも手術はまやかしときてる」

「まやかしとは何だ」

「私の兄が腰痛で手術を受けたら、治らないどころか寝たきりになったんだ」

「それを言うなら、僕の母は眼底出血の手術で視野が歪んで、テレビの俳優がみんな馬面に見えると嘆いているぞ」

「私の叔父の妻は膝の人工関節の手術を受けたが、すぐだめになって入れ替え手術を受けさせられ、そのあと足のしびれが治らないんだぞ」

「僕の従弟のヨメの兄は網膜剝離で視野狭窄と飛蚊症《ひぶんしょう》が治らないんだ。病院へ行くたびに同じ検査を何度も受けさせられて、時間と金の無駄だと怒っていたぞ」

「うちの家内の従兄の遠い親戚は、外反母趾《がいはんぼし》で歩くのもつらいのに、整形外科は治る保証もない手術を勧めて無責任にもほどがある」

「眼科だって白内障は網膜がだめなら意味がないのに、金儲けのために勧めてるじゃないか」

「人工関節は緩みやすいし、感染にも弱いし、土台の骨が割れることもあるのに、いいことばかりしか言わんじゃないか」

「フン、金の亡者のアンタに言われたくないね」

「何だと」

百目鬼の声がどす黒く濁った。鴨下はさらに挑発するように顔を突き出す。

「アンタは大学病院で何て呼ばれてるか知ってるか。〝銀髪の守銭奴〟だぞ」

次の瞬間、百目鬼が手元にあったコーヒーを鴨下の顔面にかけた。

「ぷはっ、何をするんだ」

鴨下が顔を拭い、ブランデーを取って百目鬼の顔に浴びせる。

「こ、この無礼者！」

「アンタが先にやったんじゃないか、この拝金主義者」

「何をぬかす、関西人の田舎モンが」

「うるさい。死に損ないの眼球オタク」

「黙れ。下品な骨フェチめ」

問題発言の応酬になる。アスカが声をひそめて夢野に言う。

「だれか止めなくていいんですか」

「みんな酔ってますからなぁ」

夢野は赤い顔でのんきに言い、ふと気づいたように指をさした。

「乾杯の音頭を取った高校の恩師が、そうとう怒っているようですな」

恩師はテーブルの上で拳を震わせ、怒りが爆発しそうなのを必死に抑えているようだ。いや、すでに限界を超えつつあるらしい。いきなりテーブルを叩き、立ち上がって大音声《だいおんじょう》を響かせた。

「いい加減にしなさい！　あなたたちはそれでも医師ですか」

11

会場が静まり返った。

鴨下も百目鬼も金縛りにあったように固まっている。

「今日は若い二人の門出を祝う会ではありませんか。それを何です。自慢とけなし合いを繰り返し、挙げ句の果てに暴言の応酬なんて前代未聞です。それが名誉ある天大病院の医師のすることですか」

恩師は天を仰いで両目を覆った。大きなため息を洩らしてから、静かに続ける。

「鴨下教授と百目鬼教授が犬猿の仲であることは、噂に聞いておりました。だから、私は今日の披露宴を楽しみにしていたのです。高校時代から仲のよかった杉井君と西上さんがそろって天都大に進み、愛を育んで今日のよき日を迎える。これをきっかけに両科が歩み寄り、患者のためによりよい医療を実現してくれるだろうと期待していたのです。それがどうです。歩み寄るどころか、関係は悪化の一途じゃないですか」

医師たちは神妙な面持ちで聞いている。いい展開だ。これで両科の教授が反省して、和解の握手をすればドラマのようじゃないかとアスカは思う。恩師もそのつもりなのだろう。沈黙で雰囲気を盛り上げ、教授の決断を待っている。自ら非を認めて、握手を求めるおいしい役どころを演じるのはどちらか。若い鴨下か、老練な百目鬼か。

ところが、二人とも動かない。仏頂面で互いに目を逸らしている。彼らは長年、他人から諫《いさ》められたことがないから、素直に謝ることができないのだ。どうなるのかと思っていると、夢野がおやっという顔でつぶやいた。

「あの恩師、もしかして」

「何です」

「ほら、あの指」

夢野の視線の先を見ると、恩師の右手が震え、指の爪が黄色く染まっていた。

「さっき灰皿がどうとか言ってたのは、この客のことかも」

二人の教授がいっこうに謝ろうとしないので、恩師が苛立った声を出した。

「あなたたちは、この期《ご》に及んでまだ意地を張るつもりですか。下らないプライドなど捨て、若い二人を祝福してあげればいいじゃないですか。鴨下教授は若いんだから、少しは謙虚になれませんか。百目鬼教授は年長なのだから、もっと鷹揚に構えられないのですか」

そこまで言われても、両教授はそっぽを向いたままだ。恩師はあきれ、サジを投げるように椅子に座った。震える手でポケットからタバコを取り出し、ライターで火をつけた。

「あ、やっぱり」

夢野が言うと同時に、百目鬼がわめいた。

「アンタ、ここは禁煙ですぞ」

アスカに夢野が耳打ちする。

「あの恩師、ニコチン依存症のようですな」

恩師は我慢しきれないというように、背中を丸めて必死にタバコを吸っている。百目鬼がさらに声を荒らげる。

「二人の門出を祝福するとかえらそうに言いながら、タバコを吸うとは何事だ。タバコがどれほど空気を汚染し、毒をまき散らしているかわかっているのか。いやしくも高校教師たる者が信じられない暴挙だ」

「その通り」と、鴨下が同調した。「ニコチンは青酸カリの二倍の毒性があるんですよ。タバコは強い発がん性があるし、依存性もある。副流煙だって大きな迷惑だ」

百目鬼と鴨下が互いに言い募る。

「タバコは動脈硬化も起こすし、末梢循環も障害するし、肺胞の壁を破壊して肺気腫や慢性気管支炎の原因にもなるんだぞ」

「口も臭くなるし、部屋も汚れる。せっかくの料理の味もわからなくなる。吸い殻は街を汚すし、子どもの非行にも直結するんだ」

「そうだ」

「まさしく」

意外なところで二人の足並みがそろった。

それを見た夢野が思わず膝を打った。

「うん、大丈夫だ。この二人はうまくやっていける」

「どうしてですか」

不審がるアスカに、夢野が酔眼の笑顔を向けた。

「二人は犬猿の仲だけど、どちらもタバコ嫌いの嫌煙の仲でもあるからです。えー、おあとがよろしいようで」

アスカの脳裏を、延明出版の保利の不安そうな顔がよぎった。

第4章　アンフェア・プレー

1

ノンフィクション『医療崩壊の救世主たち』の取材も、いよいよ大詰めに近づいた。

天大病院に四人いる副院長のうち、最年長の百目鬼洋右を最後にしたのはまずかったかもしれない。百目鬼は眼科の教授なので、ほかの科の副院長よりあとでいいと、無意識に判断してしまったのだ。敏感かつプライドの高い医学部の教授が、それを察知しないわけがない。

吉沢アスカは恐る恐る取材を申し込んだが、幸い、百目鬼はつむじを曲げずに受け入れてくれた。

眼科の教授室に行くと、百目鬼はアイロンの利いた白衣に金茶のネクタイという出で立ちでアスカを迎えた。長身、銀髪で姿勢もいいが、耳が大きく鼻の下がせり出しているので、どことなく顔つきが「猿の惑星」っぽい。

「先日の結婚披露宴では、たいへん失礼いたしました」

低姿勢に切り出すと、百目鬼は仇敵である整形外科の鴨下に矛先を向けた。

「君も驚いただろう。あの鴨下は成り上がりの田舎者で、高慢かつ幼稚な痴《し》れ者だからな。あんなヤツが天大病院の副院長だと思うだけで不愉快になる」

いかに犬猿の仲とはいえ、互いの部下同士の結婚披露宴で暴言の応酬になったのには、さすがのアスカも面食らった。

応接ソファで差し向かいに座り、さっそく本題に入る。

「日本は少子高齢化や医療費の増大など、さまざまな問題を抱えていますが、百目鬼先生は日本の医療崩壊についてどのようにお考えですか」

「由々しき問題だと思っとるよ。だが、それは内科や外科が不毛な縄張り争いを繰り返した結果だろう。眼科にかぎって言えば医療崩壊など起こっておらんし、むしろ繁栄の一途をたどっておる」

「はあ」

「ほかの科の連中は、二言目には眼科は目しか診ないと言うが、認識不足も甚だしい。目しか診ないということは、それだけ眼球が重要臓器であるということだ。一つの臓器しか診ないのは、循環器科も脳神経科も同じだが、眼球は心臓や脳より小さい。にもかかわらず、一科を構えるということはだな、それだけ眼球の存在が大きいということだ。眼科は整形外科はもちろん、内科や外科以上に権威のある科なのだ」

アスカは百目鬼の熱弁を聞きながら疑問に思った。自分を大きく見せようとすればするほど小ささが露呈するのに、天大病院の副院長ともあろう人が、なぜそれをわからないのか。

「だいたいメジャーの科は、まやかしの治療が多い。内科の出す薬はほとんど効かんし、外科は切る必要のない臓器を切って患者を苦しめておる」

「そうなんですか。でも、薬にも効くものがあるでしょう」

「だまされとるんだ。高齢者の投薬などはほとんどまじないだ。その証拠に、東日本大震災のとき、多くの高齢者が服薬できない状況になったが、それで死んだとか、病気が悪化したとかいうニュースはなかっただろう」

そういえば大きな問題にはなっていない。

「たいていの高齢者は薬をやめたほうが元気になる。薬をやめられないのは、不安のせいだ。だから内科の医者も言っとる。すべての薬は一種の精神安定剤だとな」

「でも、外科の手術はどうなんでしょう。早期のがんなら、切ったほうがいいんじゃないですか」

「君は何も知らんな。がんには手術をしなくてもいいタイプも含まれとるんだ。それなのに無用な手術を受けて、命拾いしたなんて思わされている患者は、気の毒としか言いようがない。ある外科医は胃がん検診で片っ端から胃の全摘をやって、奈良に無医村ならぬ無胃村を作ったんだ。それで村から胃がんを撲滅したと表彰されたんだぞ」

ほんとうだろうか。アスカは曖昧に笑う。

「そこへいくと、我が眼科の白内障手術は、文字通り目に見えて効果がある。レーシック手術も、多くの患者を眼鏡やコンタクトレンズの煩わしさから解放した。その実績の結果があれだ」

百目鬼は執務机の横を指さした。壁際に巨大な液晶テレビが置かれている。

「ソニーのブラビア、XC9400Cシリーズの75インチだ。定価100万円、税込み価格108万円。ちょっと見てみるか」

リモコンを取り、スイッチを入れる。一瞬、お笑い芸人の顔がアップになるが、百目鬼は慌ててリモコンを操作し、ヨーロッパの湖沼地帯らしい画像を映し出した。客に見せるために録画してあるようだ。

「どうだね、4K映像の美しさ。まるで白内障の手術を受けたようにクリアじゃないか」

たしかにすばらしいが、のんびり観賞している暇はない。十秒ほど見入るふりをして、本題にもどろうとしたとき、百目鬼に先を越された。

「それから、これも」

テーブルの下を指さす。気づかなかったが、豪華な絨毯が敷いてある。

「ペルシャ絨毯の中でも最高級のイスファハンだ」

光沢を放つ白地に、臙脂《えんじ》と金と濃紺の見事なアラベスクが描かれている。百目鬼が手を伸ばして絨毯を撫でる。

「触ってみたまえ。このシルクの手触り。平米あたり百万ノットの細かさだ」

「こんな上等な絨毯、踏んでもいいんですか」

「高級な絨毯は踏めば踏むほど硬く締まり、色合いが深まるんだよ。で、いくらしたと思う？」

想像もつかないが、そうとうな値段であるのはまちがいない。

「百万円くらいですか」

控えめに言うと、百目鬼は「くふっ」と女のような笑いを洩らした。

「定価３６０万円、税込み価格で３８８万８千円だ」

「そんな高価な絨毯が、教授室の備品なんですか」

「それだけの実績を挙げているんだよ、私は。君は天大病院のホームページを見ていないのかね」

一応は見たが、詳しくは読んでいない。答えられずにいると、百目鬼は苛立った声を出した。

「診療科案内だ。眼科のところを見てこなかったのか」

「見てきました」

「だったらわかるだろう」

わからない。困った顔をすると、百目鬼は露骨なため息をつき、執務机のインターカムを押した。

2

「例のものを持ってきてくれ」

ノックが聞こえ、秘書が資料を持ってくる。例のものと言うからには、あらかじめ用意させていたのだろう。細かな数字を指さしながら、百目鬼が説明する。

「これは去年の治療実績だ。いいかね。眼科の一日平均外来人数は187・5人、入院患者は47・6人。年間の白内障手術は4千832件、ほかに硝子体《しょうしたい》手術、緑内障、網膜剝離、眼瞼炎《がんけんえん》、斜視の手術、角膜移植など、計5千759件で、手術件数はダントツに多い。徳富の循環器内科など、えらそうなことを言ってるが、一日の外来人数は121・2人で、入院患者も40・8人だ。収益の目玉である心カテ（心臓カテーテル検査）だって、年間958件にすぎない。大小路の消化器外科も、外来は78・3人で、入院患者は45・2人、年間の手術件数も802件しかない。鴨下の整形外科に至っては、外来人数59・9人で、入院患者は35人ちょうど、手術件数は骨折まで入れてようやく1千とんで28例だ」

細かい！　とツッコみたくなるのを我慢する。百目鬼は指に唾をつけて、次の資料をめくる。

「損益差額構成比を見たまえ。全国の大学病院は軒並み赤字だが、天大病院が黒字になっているのは、ひとえに我が眼科の功績によるものだ。診療科別収益表を見れば、眼科の貢献ぶりがわかるだろう」

カラー印刷の円グラフによると、年間約四百二十億円の収益のうち、眼科が十二・七パーセントを占めている。内科は二十八パーセントを超えているが、それは循環器をはじめ、消化器、呼吸器などの七科の合計だ。循環器内科だけなら五・八パーセントにすぎない。外科も全体では二十二・六パーセントあるが、消化器外科単体では八・三パーセントで、整形外科は五・六パーセント止まりだ。

次の資料をめくると、百目鬼は「これこれ」と勢い込んで、尻を三十センチほど前にずらす。

「治療別の診療収益率だ。あらゆる医療行為に保険点数が決まっていて、1点10円の換算になるのは知ってるな。白内障の手術は、縫着レンズを挿入すると1万7千440点。つまり、17万4千400円也だ。後嚢《こうのう》切開を伴う場合は、18万1千500円也。私のような名医になれば、一件あたりの手術は10分未満だから、時給はなんと110万円を超えるんだ。どうだね。くくくくっ」

手のひらで口を覆う。込み上げる笑いを抑えきれないようだ。

「ちなみに、胃がんの手術は5万5千870点で、55万8千700円也。手術時間は3時間から4時間だから、時給は20万円にもならない。循環器内科の心カテは4万円也。時間は30分程度だから時給はたったの8万円だ。整形外科で稼ぎ頭の人工関節置換術は、37万6千900円也。所要時間は2～3時間だから、高く見積もっても時給は18万円程度だ。ぐふっ」

嬉しそうな笑いが洩れる。それにしても、何円也とか稼ぎ頭とか、商売人みたいな物言いはやめてほしい。アスカは軽く咳払いをして訊ねた。

「白内障の手術が高額なのは、眼内レンズや挿入機材の経費が高いからではないですか」

「そんなことは考える必要ないんだよ。要は売り上げだ。どの企業だってそうだろう」

百目鬼が不快そうに下唇を曲げたので、アスカは話題を変えた。

「先ほどの表によりますと、耳鼻科や皮膚科、精神科も意外に収益率が高いようですね」

「よく気がついたな。そうなんだ」

百目鬼はふたたびご満悦の顔にもどってうなずいた。来《きた》る院長選挙では、この三科の教授が百目鬼を支持しているのは予習ずみだ。

「表を見れば、この三科がいかに病院の収益に貢献しているかがわかるだろう。耳鼻科は老人の難聴、耳鳴り、めまいなどの治らない病気で稼いでる。突発性難聴とかメニエール病もあるが、ほとんど治らんからな。治らないから患者が来るんだ」

「ほかの科も同じですか」

「そうだ。皮膚科はアトピーだな。あの科は乾癬《かんせん》とか天疱瘡《てんぽうそう》とか、むずかしい病気も多いが、専門性が高いから患者が来る。最近の売れ筋は、シミのレーザー治療とホクロ取りだ。美容整形では医療保険が使えんが、皮膚科なら適当な病名をつけて保険扱いになるからな。そのあたりは、患者もよく知っとるよ。精神科のトレンドは何といってもうつ病だ。うつ病は心の風邪とか言って、どんどん患者が増えておる。病気の種類も増える一方だ。適応障害、発達障害、社会不安障害なんていうのもある。辛抱の足りない性格弱者、何でも人のせいにする無責任男、いやなことからすぐ逃げる逃避女、甘やかされて育った過保護人間に、根拠のない自信で世の中を恨む傲慢人間など、患者には不自由しない。診断書を書いてやれば、患者は給料をもらいながら仕事を休めるから大喜びだ。医者も簡単には病気を治さない。治ると患者が来なくなるからな。生かさず殺さずというのが勘どころだ。あくどいなんて思うなよ。システムが悪いんだ。今の出来高払いでは、病気を治すとそこで収入が途絶えるんだ。だから、名医は儲からない。多くの医者が、戦略的にやぶ医者をやってるんだ。フハハハ」

百目鬼の笑いが虚しく響いた。長広舌を聞きながら、アスカは暗澹《あんたん》たる思いだった。身もふたもない話だが、日本の医療の一面を言い当てているからだ。

3

「ときに君は、この取材でノンフィクションを書くと言ってたな。原稿料はいくらもらえるのだ」

医療の話に飽いたらしい百目鬼が、話題を変えた。

「書き下ろしですから、原稿料ではなく印税です」

「雑誌などに発表してからではなく、いきなり本にするということだな。印税は何パーセントだ」

「一〇パーセントです」

「定価はいくらになる予定だね」

「ページ数にもよりますが、千六百円くらいだと思います」

「部数は」

「初版は三千というところでしょうか」

「ということは、税込み48万円也ということだな。執筆の期間はどれくらいだ」

「半年くらいを見ていますが」

「月収にして8万円也か。うーむ」

アスカが眉をひそめると、ふいに百目鬼がテーブルを叩いた。

「少ない！　自分で取材して、原稿も書く著者の取り分がそれでは少なすぎる。企画とか取材の期間も入れたら、もっと月収は下がるだろう。そんな低い収入でよく我慢できるな」

「意味のある仕事だと思っていますので」

「君はほかにも収入があるんだな。そのバッグはブランド品のようだが」

足元に置いたバッグを指さす。取材用のトートバッグはグッチだ。

「いくらだ」

値段を聞かれるとは思わなかったので戸惑った。

「たしか……、七万八千円だったと思いますが」

「そうか」

納得したようにうなずく。どうやら百目鬼は異様に金銭に興味があるらしい。天大病院の副院長ともあろう人が、なぜそんなにお金に執着するのか。もしかしたら、小さいころ貧しくて、お金で苦労したのかもしれない。それなら今の地位は大いなる出世だ。エピソードとしては面白いかもしれない。

「あの、不躾《ぶしつけ》なことをうかがうようですが、もしよろしければ、百目鬼先生の生い立ちをお聞かせ願えますか」

「生い立ち？」

百目鬼は腑に落ちない面持ちながら語りだした。その来歴は驚くべきものだった。

「うちは代々医者の家系で、私で五代目になる。もちろん全員、天都大卒だ。初代は軍医で軍医総監にまで上り詰めた。森鷗外と同じだな。曽祖父は宮内庁の皇室医務主管を務め、祖父は天都帝国大学の第三代の眼科教授、父は日本人初の世界眼科学会の会長だ」

超エリートの家柄ではないか。しかし、育つ過程でお金の苦労をしたのかもしれない。

「私は世田谷区成城《せいじょう》の生まれで、生家には元禄《げんろく》時代に築かれた広い日本庭園があった。小中高は慶陵《けいりょう》大の付属に行き、大学はストレートで天都大に入った。入学と同時に西麻布《にしあざぶ》に2LDKのマンションを買ってもらい、夏は軽井沢の別荘、冬はアメリカ西海岸、余暇はスキーと乗馬とヨット三昧《ざんまい》の学生時代だった」

なんという贅沢な育ち方だ。だが、医師になってから困難が待ち受けていたにちがいない。

「卒業後は迷わず眼科医局に入った。大学院で博士号を取り、とんとん拍子に出世した。二年間アメリカに留学したあと、見合いで結婚した。相手は天眼《てんがん》製薬の社長令嬢で、元ミス世田谷だ。自宅は大田区田園調布《でんえんちょうふ》。敷地面積200坪の二階建てで、庭に鯉の池とバラ園がある。家族は専業主婦の妻と娘が二人。娘は二人ともアメリカで眼科医をやっている。おっと、家族にはアフガンハウンドのヘンリーと、アビシニアンのジュリちゃんもいたっけ」

「あの、お金の苦労などは」

「あるわけないだろ」

何を寝ぼけたことを聞くのかという顔だ。それならこの守銭奴体質はどこで培われたのか。アスカはわずかな望みをかけて聞いた。

「もしかして、先生はギャンブルがお好きだとか」

「いいや」

「若いころ、株や投資に夢中になったことがあるとか」

「皆無」

「詐欺商法に引っかかったりとか」

「あり得ん」

「信頼していた友人に裏切られて大金を失ったとか、美人局《つつもたせ》で痛い目にあったとか、ヤクザに強請《ゆす》られたとか、新興宗教に全財産を巻き上げられたとか」

「君はいったい何が聞きたいのかね」

「あ、失礼いたしました」つい期待する答えに誘導しようとしてしまった。反省したついでに、もうひとつの気になっていたことを聞いた。

「百目鬼先生は、宇津々院長の急死について、どのように思われますか」

「何、宇津々院長？　し、知らんよ。私は眼科医だ。私には関係ないことだ」

百目鬼も取り乱している。

「いえ、別に先生に関わりがあると申し上げているわけではなくて……」

「知らん知らん。すべては公式発表の通りだ。それ以上のことは何も知らん」

顔をしかめて激しく手を振る。過剰な否定だ。それは何か知っていると言っているのも同然ではないか。

考え込んでいると、百目鬼がいきなり話を変えた。

「ときに君はゴルフはやるかね」

「は？」

「ちょっと後ろを見てみたまえ」

振り返ると、ガラスケースにトロフィーやら盾がいくつも飾ってある。

「これ、先生が獲得されたんですか」

「当然だ。フフン」

もとの態度にもどって鼻孔を開く。

「わたしも一応はやります。大学でサークルに入ってましたから」

「そうか。ゴルフはいいよな。気持が解放されて、つい本音が出てしまうんだよな。取材なんかにもいいんじゃないか、うん」

ひとり合点するようにうなずき、腕時計を見た。

「おっと、もうこんな時間か。取材はそろそろ終わりだな」

百目鬼はそそくさと立ち上がる。何だ、この唐突な終わり方は。意味不明だが、アスカは取材を終えざるを得なかった。

4

「それは接待ゴルフをしろということだろう」

帰りに延明出版に寄ると、保利がため息まじりに言った。アスカは自分の迂闊《うかつ》さを取り繕うように声を強めた。

「取材相手をゴルフで接待なんて、聞いたことありません」

「ないことはないさ。特にお偉方はな」

保利は椅子にもたれたまま思案顔になった。

「先のことを考えたら、一度くらいいいかもな。百目鬼さんが院長になる目もあるんだろ」

「可能性はゼロではないですが、どうでしょう」

今のところ、四人の副院長のだれが優勢か、決めがたいのが実情だった。

「百目鬼さんの守銭奴体質の理由をさぐるのも面白いじゃないか。取り敢えず会議に諮《はか》ってみるよ」

連絡があったのは四日後だった。決裁が下りたから、予定を空けておくようにと言われた。さらに二日後、保利から苦々しい声で電話がかかってきた。

「おい、大層なことになったぞ。接待するのは百目鬼さんだけじゃない。耳鼻科の耳成功市《みみなしこういち》教授と、皮膚科の羽田野毅《はだのつよし》教授、それに精神科の間戸博士《まどひろし》教授もいっしょだ」

「そんなに大勢ですか。会社は大丈夫なんですか、経費」

「耳成さんと間戸さんは、箱根まほろばゴルフクラブの会員なんだそうだ。だから、そこでプレーすれば安くつくだろって、百目鬼さんに頼まれてな」

「その三人は、院長選挙で百目鬼支持を表明している教授たちです。百目鬼先生は自分がすべき接待を、延明出版さんに肩代わりさせるつもりなんです」

「さすがは守銭奴体質だな」

さらに二日後、保利が悲鳴のような電話をかけてきた。

「おい、もう一人増えた。麻酔科の夢野豪介教授もいっしょだ」

「夢野先生もゴルフクラブの会員なんですか」

「ちがうらしいが、今さら断れんよ。こうなったらこれ以上メンバーが増えないことを祈るばかりだ。それから、俺と君とで送迎を分担するようにも頼まれたから」

どこまで厚かましいジジイなんだと、アスカは思わず舌打ちが出た。

5

土曜日の早朝、アスカは洗車したてのマイカーにゴルフバッグを積んで自宅を出た。

幸い天気はいい。道順の関係で、彼女が夢野と間戸を送迎することになっていた。まずは谷中《やなか》に住む夢野のマンションに向かう。夢野とは何度も顔を合わせているので気心が知れている。時間より早めに着いたが、すでに道に出て待ってくれていた。

「おはようございます」

「やあ、世話になるね。よろしく」

後部座席に乗ってもらい、曙橋《あけぼのばし》に住む精神科の間戸のマンションに向けて出発する。

「間戸先生って、どんな方ですか」

何気なく聞くと、夢野は歯切れ悪く答えた。

「精神科だからな。ちょっと変わってるが、まあ気にしなくていいよ」

かすかな不安がよぎる。

着いたのは時間ちょうどだが、だれもいない。

「私が見てこよう」

夢野が気さくに出迎えに行ってくれた。後部のハッチを開けて待っていると、出てきたのはサラサラ髪のにこやかな男性だった。意外にいい人っぽいじゃないかと、アスカは笑顔で「おはようございます」と挨拶した。だが、間戸は答えない。笑顔のまま無言でゴルフバッグを預け、後部座席に乗り込む。運転席に座ってから、アスカはもう一度、声をかけてみた。

「ノンフィクションライターの吉沢と申します。今日はよろしくお願いします」

返事がない。けれど笑顔は絶やさない。やはり変わっているようだ。

夢野に促されて、アスカは車を出した。

箱根まほろばゴルフクラブまでは、高速を乗り継いで約一時間半の道のりだ。

「今日は絶好のゴルフ日和ですね」

「ほんとだ」

答えるのは夢野だけで、間戸は相変わらず黙っている。バックミラーでうかがうと、ニコニコしているので不機嫌ではないようだ。アスカは取り敢えず運転に専念することにした。

しばらくすると、夢野が聞いてきた。

「取材は進んでますか」

「はい。まあ」

曖昧に答えると、夢野は独り言のようにしゃべりだした。

「今の医療崩壊は十年前とはちがった形で進行しつつあるね。内科医の集団辞職とか、市民病院の閉鎖とかのニュースはなくなったけど、患者の取りちがえや腹腔鏡手術の死亡やら、不安材料はあちこちに潜んでいる。このままじゃ、いつ患者の不安が爆発するかわからない」

「それなら、催眠療法がいいんじゃない」

突然、間戸が口を開いたので、アスカは思わず振り向きそうになった。しかも、棒読みみたいなオネエ言葉だ。

夢野がアスカに説明した。

「間戸先生は催眠療法の専門家なんだ。催眠療法は正統でないみたいに誤解されてるが、パニック障害や心因性のうつ病なんかに有効らしいよ」

「そうなんですか。すごいですね」

　バックミラーに目線をやるが、反応はやはり笑顔だけだ。夢野が続ける。

「医療崩壊の阻止には、まず天大病院が一丸となって取り組まなければと思ってるんだ。亡くなった宇津々院長もそうおっしゃっていた。しかし、次の院長が決まらないことには話が進まない。間戸先生は百目鬼先生を推してると聞いてますが、百目鬼先生はうまく病院をまとめてくれますかね」

　間戸は答えない。

「その前に、宇津々院長の亡くなり方についても、疑問の声があるからやっかいだな」

　夢野のつぶやきに、アスカが反応する。

「死因は不整脈の発作だとうかがっていますが」

「表向きはね。しかし、いろいろ噂をする人もいるからな」

「この前、脳外科の花田先生からお聞きしたんですが、第一発見者の奥さまが、救急車を呼ばずに、宇津々先生の部下の小坂井准教授に連絡したことが不自然だと思われてるようですね」

「うむ」

「そのあと、小坂井先生は四人の副院長に連絡して、徳富先生が発作性の心室細動だと診断されたとうかがってますが」

「そうだ」

「夢野先生は、その診断に疑問をお持ちなのですか」

「いや、疑問は持っていないが、納得しているわけでもない」

どういうことか。夢野が状況を整理するように言う。

「人の死に方には、大きく分けて四つのパターンがある。病死、自殺、事故死、殺人だ。しかし、宇津々院長の死は、どれにも当てはまらないようなんだ。病死には病気以外に老衰などの自然死も含まれる。自殺には一般的なものだけでなく、病気の治療を拒むとか、意図的な餓死なども入るだろう。事故死は交通事故や飛行機事故だけでなく、足を滑らせて頭を強打するとか、誤って風呂で溺れるとかもある。広い意味では、災害や火事による死、過労死なども事故死に含まれるだろう。殺人はだれかに殺されるということで、事件性のあるものだな」

「ほかにもまだあるじゃない」

また間戸がふいに口を開く。夢野はいぶかしげに横を見る。

「と言うと？」

「処刑」

「いや、宇津々院長は死刑を宣告されたわけではありませんから」

「法的な処刑でなくても私的なものもあるんじゃない」

「リンチですか。それは殺人でしょう」

「戦死」

「宇津々院長は戦争に行ってませんし」

「憤死」

「宇津々院長はそんなに怒ってません」

「情死」

「奥さんは生きてますし、愛人もいません。心中なら自殺でしょう」

「じゃあ、腹上死」

「それは事故死もしくは病死」

「なら、野垂れ死に」

「うーん、原因が病気なら病死、自分の意思でなら自殺、たまたまなら事故死かな」

なんだか「死」のつく熟語クイズみたいになっている。アスカも思いついて参加する。

「安楽死はどうでしょう」

「それは実質的には医師による殺人だな。まあ、本人の意思がある場合は自殺ともいえるが、宇津々先生は難病でも末期がんでもなかったからな」

夢野が気を取り直すように話を進めた。

「いずれにせよ、宇津々院長の死はこの四つのどれにも該当しないようなんだ。副院長たちは、天大病院の院長の死として、どういう死に方がふさわしいか考えた。自殺や事故死や殺人は世間体が悪いと見たんだろう。それで病死ということにした。まあ妥当な判断だが」

「病死のほうが世間体は悪いんじゃないですか」と、アスカが運転しながら反問した。「大学病院のトップが病気で急死したなんて、病院は何をしてたんだって話になりませんか」

「それはぜんぜんちがうわ」

また間戸が甲高い声で断言した。口調はきついが、バックミラーで見ると相変わらずニコニコしている。

「医師だってがんになり、心筋梗塞やくも膜下出血でたくさん死んでるのよ。寝たきりになったり、認知症にもなってるわ。医師だから長生きするなんて幻想よ。自分の病気が治せないのに、他人の病気を治せるわけがないじゃない」

「間戸先生は過激だな」

夢野があきれるように言った。

アスカは気になっていたことを夢野に訊ねた。

「わたしが副院長の先生方に取材したとき、みなさん、宇津々先生のお名前を出したら妙に動揺したり、取り乱したりされたんですが、どうしてでしょう」

「さあ、そんなはずはないと思うがな。ねえ」

同意を求めるが、間戸は相変わらず笑顔のまま答えない。

わずかな間を置いて、夢野が思い出したようにつぶやいた。

「そういえば、宇津々院長は、死ぬときの苦しみを極端に恐れていたらしいな」

6

ゴルフ場の駐車場に着くと、うまい具合に保利の車も続いて入ってきた。

車を降りて互いに紹介し合う。アスカは耳成と羽田野とは初対面だったが、天大病院のホームページに写真が出ていたので、顔と名前はすぐ一致した。耳成は四十代後半で、耳が大きく、スキンヘッドのように頭頂部近くまで剃り上げ、黒縁眼鏡をかけて、超インテリの僧侶のようだ。羽田野は濃い髪を角刈りにして、がっしりした体格だが、妙に肌の色が白い。顔は皺ひとつなく、とても五十代半ばに見えない。

「今日は楽しくやれそうですな」

百目鬼は高級そうなジャケットとゴルフウェアに身を包み、晴れやかに言った。

クラブハウスで保利が手続きをしている間、教授たちはカフェテリアでコーヒーを飲んだ。

保利がやってきて、挨拶がてらのお愛想を言う。

「作家さんとはたまにプレーするんですが、大学病院の先生方とははじめてなので、緊張しますよ」

「我々も製薬会社の接待ゴルフはよくあるんだが、出版社ははじめてだな。これからもよろしく頼むよ」

百目鬼が催促する口調になったので、保利は慌てて話を逸らした。

「みなさん、ハンデがほぼシングルですごいですね」

間戸は笑顔のまま答えない。代わりに羽田野が口を開いた。

「みんな年季が入ってますからね」

「でも、お忙しいでしょうに」

感心する保利に、百目鬼が大人《たいじん》めいた笑みを洩らした。

「我々スペシャリストの科は、優雅な生活を送っているのですよ。時間も自由になりやすいし、収入も安定していますからな。まあ、そういうことがわかって、スペシャリストの科に進んだわけですが」

「と、おっしゃいますと」

「医学部の科にはメジャーとスペシャリストの科があるのはご存じでしょう。メジャーの連中はマイナーとか称しとるが、我々はスペシャリストです。進路を選ぶときメジャーと称される内科や外科に進む連中は、はっきり言ってバカですよ。それが医者らしいなんて、素人みたいな考えで決めるんですからな。先の見通せる者はみんなスペシャリストの科を選びますよ。なあ」

若手の耳成が黒縁眼鏡を軽く持ち上げて続く。

「内科や外科は死ぬ病気が多くて、患者の急変もあってたいへんですからね。救急外来もしょっちゅうなので、当直の夜は寝られないし、医療ミスをすれば命に関わるケースも多いので、常に医療訴訟の心配をしなければなりません」

羽田野がコーヒーを啜りながら言う。

「それにメジャーの科は人が多いから、ポスト争いが熾烈《しれつ》ですしね。その点、スペシャリストの科は人数が少ないので、競争は緩やかです。早々に教授や部長になって、高収入を得る者も多い。しかも、重病や難病が少ないので気が楽だし、夜中の呼び出しもほとんどないから身体も楽です。当然、医療訴訟のリスクも低い。すなわち、楽で安全で儲かるのがスペシャリストの科なんです」

　間戸は相変わらず無言で笑っている。保利が感心するそぶりで聞いた。

「科によっていろいろな特徴があるんですなぁ。ひとつうかがいますが、死ぬ病気の患者さんを診るのは、やはりたいへんなんでしょうか」

「そりゃそうですよ」

　耳成が鋭い目を向ける。「医師は死に慣れていますが、患者や家族はたいてい死ぬのがはじめてですからね。取り乱すんです。内科医も外科医も、愁嘆場に付き合うのはたいへんだと言ってますよ。毎回、深刻な顔をして、真剣そうな演技をするのは疲れますからね」

「耳成君、そんな本当のことを言うもんじゃないよ」

　百目鬼がたしなめる。

「でも、内科の連中はひどいでしょう。おためごかしに検査をやって、よけいな病気を見つけては、慢性疾患だの、放っておくと重症化するだの言って、治療を長引かせるんだから」

　耳成の言葉尻を捉えて、羽田野が訂正する。

「病気を見つけ、ではなく、病気を作って、だろ」

「たしかに。連中は血液検査や血圧の正常値を下げて、健康な人間をどんどん病人に仕立てていますね。メタボ健診などその最たるものです。年齢も身長もいっさい無視して、厳しい判定基準を少しでも超えると、医療機関の受診を勧めたり、治療が必要ですとか脅したりして、健康人を病人に変えてしまう。そしていらない薬をいっぱい出して、その副作用を抑えるためにまた薬を処方するんですから、マッチポンプですよ」

「そうだな」と、百目鬼が腕組みをしてうなずく。「内科の連中はまったくひどい。患者を専門用語で煙に巻き、がんや認知症をちらつかせては薬漬けにする。二言目には早期発見だの、予防医学だの、偽りのスローガンで患者を引き寄せ、検査しなければ手遅れになるぞと脅迫する。悪徳商法も顔負けの手口だ。健康診断やがん検診で、死亡率が下がるものか。悔しかったらデータを出してみろって言うんだ」

徐々に声がエキサイトする。耳成も追従する。

「外科の連中だってひどいですよ。何かというとすぐ切りたがって、がんの専門医などは、早くしないと転移すると患者を恐れさせ、抗がん剤や放射線は副作用が怖いからと、無理やり手術に誘導する。腹腔鏡手術が楽だ、ロボット手術が安全だなどと言いくるめるけれど、結局は自分が新しい手術をやりたいだけですからね。再発したらあとは知らん顔か、見よう見まねの抗がん剤でお茶をにごす。とはいえ、いい加減な治療のほうが患者は長生きすることも多いから、いいのかもしれませんが」

「また、言ってはいけない本当のことを言う」

百目鬼がたしなめ、「猿の惑星」っぽい唇を突き出した。

「とにかくメジャーのヤツらはたいした治療もせんくせに、病院で威張り散らすのが気にくわん。何かというと患者を救うのは自分たちだみたいな顔をして、スペシャリストの科を軽視する。麻酔科だって同じ思いでしょう、夢野さん」

ほかの教授には君づけの百目鬼が、夢野をさんづけで呼ぶのは、医学部長の肩書のせいだろう。夢野は穏やかに百目鬼の言葉を否定した。

「麻酔科は外科の先生には手術部で、内科の先生には集中治療室でごいっしょしますから、大事にしてもらってますよ」

「それは表向きですよ。ヤツらが陰でなんと言っているか、ご存じですか」

百目鬼が言い募りかけたとき、保利が腕時計を見て、「そろそろ時間です」と話を打ち切った。アスカはほっとして席を立つ。このまましゃべっていたら、どこまで悪口が続くかしれない。

7

最初の組は百目鬼と耳成、アスカの三人だった。

一番は410ヤードの長めのミドル。まずはアスカが打った。右に逸れながらもなんとかフェアウェイをキープして、拍手をもらう。若い耳成は300ヤードほど飛ばし、百目鬼は飛距離は出ないものの、フェアウェイの真ん中にボールを運んだ。

残る四人に見送られて、二打目に向かう。アスカは慣れない接待ゴルフで、どうふるまえばいいのかわからなかったが、とにかく平常心を心がけた。

一番は百目鬼と耳成がパー、アスカがボギーでまずまずの滑り出しだ。二番、三番もスコアを崩すことなく、快調なペースで進んだ。ところが四番のロングで、百目鬼のティーショットがOBになった。

「うはっ、珍しいですね」

耳成が浮かれた声を出し、百目鬼の頬に険悪な影が走る。まずいと思ったアスカは、二打目を半ばわざとチョロした。そのホールは耳成がパー、百目鬼がダブルボギーで、アスカはスリーパットのトリプルボギーとなった。

五番に向かう途中で、百目鬼が愚痴った。

「内科と外科にもムカつくが、世間の無理解にも困ったもんだな。我々のことを〝目医者〟とか〝耳医者〟なんて言うんだからな」

それを聞いた耳成が、「いやいや」と手を振った。

「〝目医者〟は言いますが、〝耳医者〟は言いませんよ」

「言うだろう。目医者、耳医者を笑うとか言うじゃないか」

「それは目くそ鼻くそを笑うでしょう」

思いちがいを指摘され、百目鬼は顔を赤くした。耳成はさらに追い打ちをかける。

「眼科は目しか診ないから〝目医者〟ですが、耳鼻科は耳だけでなく、鼻ものども診ますからね」

眼科は目しか診ないというのは、百目鬼がいちばん嫌っている言葉だ。不機嫌のボルテージが目に見えて上がる。幸い次のティーグラウンドに着いたので言い争いは中断された。

五番は330ヤード、パー4のサービスホールだ。

「耳成君ならワンオンできるんじゃないか。ま、勇気があればの話だが」

百目鬼が挑発すると、耳成は手にしたアイアンをドライバーに持ち替えた。肩に力が入っている。案の定、ボールは大きく右に逸れてOB。

「おっと、これは珍しい。弘法も筆の誤りというところだな」

子どもじみた意趣返しをする百目鬼に、耳成が目を伏せたまま言い返した。

「猿も木から落ちるですよ」

モンキー顔を自覚している百目鬼は、顔を紅潮させてますます「猿の惑星」顔になった。

二打目に向かう途中、百目鬼がアスカに言った。

「知っとるかね。人間の得る情報の八〇パーセントは視覚によるものなんだ。それだけ目は重要だということだ。ちなみに、聴覚の情報量は七パーセントしかない」聞こえよがしの声で続ける。「眼底の動脈を診れば、心筋梗塞や脳梗塞も予防できる。耳や鼻やのどをいくら診たって、命を救う手立てにはならんからね」

耳成が反論した。

「耳鼻科にはがんの中でも罹患率の高い喉頭がんや咽頭がんがありますよ。眼科には大したがんはないでしょう」

「網膜芽細胞腫《もうまくがさいぼうしゅ》があるではないか」

「あんなもの、子どもの病気じゃないですか」

「何だと」

「まあまあ、プレー中ですから」

アスカが取りなすと、耳成が聞いてきた。

「吉沢さん、網膜芽細胞腫の治療はどうするかご存じですか。眼球摘出ですよ。子どもの目をくりぬくんです。残酷でしょう」

「眼球摘出のどこが悪い。喉頭がんだってのどを全摘するじゃないか。眼球は二つあるが、のどはひとつだろう。のどを取られ、声を失うほうがどれほど悲惨か」

「すみません。お静かに」

アスカがアイアンを構えると、二人はようやく口をつぐんだ。それでもアスカは集中できず、思い切りダフってしまう。そのあともショットが乱れ、サービスホールなのに二度目のトリプルボギーとなった。

次のホールに向かう途中、耳成が話を蒸し返した。

「先ほど、視覚の情報は八〇パーセントとおっしゃいましたが、我田引水で信用できませんね。私は聴覚のほうが重要だと思いますよ。その証拠に全盲の偉人は多いけれど、聾唖《ろうあ》の偉人は少ないですからね。すなわち、目は見えなくても立派な仕事はできるけれど、耳が聞こえないと偉業は達成しにくいということです」

「そんなことはないだろう。ベートーヴェンは耳が聞こえなくても名曲を残したではないか」

「あれは聴覚の記憶があったからですよ。目に障害のある音楽家なら、宮城《みやぎ》道雄《みちお》や辻井《つじい》伸行《のぶゆき》など枚挙にいとまがありません。バッハだって、白内障で楽譜が読めなくなっても名曲を残しました」

「バッハは白内障の手術を受けたじゃないか」

「その手術がもとで死んだんですよ。バッハを殺したのは眼科医だ」

「何を言うか。耳鼻科医はベートーヴェンの難聴も治療できなかったくせに」

「バッハを殺した眼科医は、ヘンデルの手術も失敗してるんですよ。治療に失敗するくらいなら、何もしないほうがいい」

大学教授がそんなことを大っぴらに言っていいのかと、アスカは首をひねる。

次のティーグラウンドに着いて、ふたたび議論は中断。それぞれがティーショットを終えると、フック気味だった耳成が、同じく左に逸れたアスカに近づいてきて大きな声で言った。

「耳の悪い高齢者は疑心暗鬼に陥りやすく、孤独にさいなまれるのをご存じですか。耳が聞こえにくいと認知症が進みやすいという研究もあります。やっぱり聴覚は重要なんですね」

「それはちがうぞぉ」

スライスした百目鬼が、フェアウェイをはさんで声を張り上げた。「百聞は一見に如《し》かずというではないかぁ。黙っている相手でも、暗黙の了解という言葉があるだろぉ」

「しかし、ラジオは音だけですべてを伝えますよぉ」

耳成もフェアウェイの向こうに怒鳴る。「画像だけのメディアはありませんよぉ。音の出ないテレビは何を言っているのかさっぱりわからない。ただのガラクタでしょー」

「バカ者ー。新聞も雑誌も音は出ないぞぉ。文字はそれだけで意味を持つが、音符は五線がないと無意味だろぉ」

「音楽という言葉からもわかるように、音は楽しむためにあるんですぅ。音は人を癒やし、感動させるんですぅ」

「音より光のほうが重要に決まってるじゃないかぁ。天地創造でも、神は初日に『光あれ』と言ったんだからなぁ。ゲーテだって『もっと光を』と言って死んだ。光こそ人間に欠くべからざる存在だぁ」

アスカがボールに近づき、二人に言う。

「光も音もどっちも大事ですぅ。打ちますから静かにしてくださぁい」

そのホールもアスカはスコアを崩し、三度目のトリプルボギー。ハーフを終わって52と、泣きたいようなスコアだった。

百目鬼が43、耳成が41という自己申告を聞いて、アスカはえっと思った。二人ともバーディはなかったし、ボギーもダブルボギーも何度かあった。そんなスコアのはずはないと思ったが、もちろん念を押すわけにはいかない。

8

レストランで昼食を摂っていると、保利たちの組も上がってきて、となりの席に着いた。

「いやあ、午前中は荒れたなあ」

羽田野が角刈りの硬そうな髪を掻いた。耳成が神経質そうに聞く。

「いくつでした」

「浮き沈みの連続で、結局40だよ」

耳成の黒縁眼鏡がぴくつく。夢野以外の教授たちは互いに一打千円でニギっているようで、ハンデが耳成より2多い羽田野は三打勝っていることになる。間戸は44で、ハンデを引くと耳成に二打差のリードだ。百目鬼と耳成はイーブンのはずである。

「午後からが勝負ですな」

百目鬼が悠然と箸を使いながら言った。食べているのはメニューの中でいちばん高い金華《きんか》鯖《さば》塩焼き御膳だ。耳成はカキフライ定食にビールを頼んでいたが、羽田野らのスコアを聞いたあと、ぴたりと飲むのをやめてしまった。

食事のあと、保利が喫煙ルームに行ったので、アスカも少し遅れてついて行った。

「百目鬼さんと耳成さん、ラウンド中にけっこうやり合ってたようだな」

二人の言い合いは後ろの組にも聞こえていたようだ。アスカはあたりを見まわして、声を低めた。

「お二人のスコアがおかしいんです。二打ほどごまかしてるみたいで」

「そっちもか。羽田野さんと間戸さんも過少申告だったぞ」

保利も後ろを確認してから、アスカに顔を寄せた。

「それから、百目鬼さんはプレーの前に、ショップでボール一ダースと手袋を買ってるんだ。請求はこっちにつけて」

「ボールも手袋も新品じゃなかったですよ」

「だから、予備のつもりだろう。金を払わなくてすむときに仕入れておくという魂胆だ」

「さすが守銭奴体質ですね」

「天大病院の副院長で、金がないはずはないんだがな」

保利が首を傾げたが、アスカも答えようがなかった。

9

午後のインはアウトより起伏に富むコースだった。また二人が言い争いをはじめないかと危ぶんだが、その心配はなかった。耳成が異様な集中力でプレーに専念したからだ。

ところが、まさかと思うような場面があった。十二番の深いラフに打ち込んだとき、耳成は見事にリカバリーしたが、ショットのあとにティーが飛んだように見えたのだ。横目で確認すると、やはり新しいティーが落ちていた。アスカたちに見えないようにボールをティーアップしたのだ。

十五番の砲台グリーンでは、最初にボールをのせた耳成がなぜか駆け足でピンフラッグを抜きに行った。グリーンに上がってみると、カップの手前一メートルほどにマーカー代わりの十セント硬貨が置いてある。とてもそんな近くまでアプローチしたはずはないと思って見ると、カップの四メートルほど手前にスパイクの跡がついていた。耳成はそこにあったボールを取り、マーカーをわざとカップのそばに投げたのだ。マーカー飛ばし、またの名を〝銭形平次〟と呼ばれる不正だ。

「ナイスオン」

グリーンに上がってきた百目鬼が何食わぬ顔で言った。耳成は無言でパットに集中し、難なくバーディを奪った。

そのあとも、耳成はラフからボールを蹴り出す、バンカーでボールを動かす、小石を取るふりでライをよくするなど、ルール違反の連続だった。林に打ち込んでロストになりかけたときは、「ありました」と、ずいぶん前方でボールを見つけた。なくなったボールの代わりに、別のボールをポケットから落とす〝卵産み〟の不正だ。

アスカは百目鬼のようすをうかがったが、見て見ぬふりを続けている。耳成がまたグリーンに走っていったとき、こっそりと言ってみた。

「耳成先生のプレー、おかしくないですか」

「たしかに」

やはり気づいているのだ。なぜ見逃すのかと無言の抗議をすると、百目鬼は思いがけないことを言った。

「あれは耳成君の病気なんだ」

「病気って、ただの不正行為じゃないですか。注意しないんですか」

「注意しても治らんから病気なんだ」

まじめに答えているのか、ふざけているのかわからない。アスカも開き直って聞いた。

「病名はあるのですか」

「うん。ビョーキという名の病気だ」

「いっしょにプレーして不愉快じゃないですか」

「こちらも適当にやるから不愉快じゃない」

理解しがたい感覚だ。百目鬼が思慮深い老猿のような表情で言った。

「だれだってビョーキを持っているんだ。フェアプレーにこだわることだってビョーキだぞ」

「どうしてです。当然のことでしょう」

「じゃあ、君は不正をすることはないかね。ゴルフ以外で、ほんの小さなことでも。たとえば、制限速度を超えて運転したり、車が来ない赤信号を渡ったり、拾った百円玉を着服したり、電車の中でかかってきたスマホに出たり」

それくらいのことはするかもしれない。

「ルールや道徳を完璧に守らないと気がすまないなら、それはビョーキだろう」

「ですが、ゴルフの不正とはちがうと思います」

「ほう。小さなルール違反はOKだが、ゴルフの不正はNGだと言うんだな。その線引きはだれが決めた。恣意的なものではないのか」

そう言われると反論しにくい。百目鬼はさらに言う。

「ゴルフの不正も、ひとりだけするならアンフェアだが、全員がすればフェアになる。これは文化だ」

はあ？

アスカの頭は疑問符でいっぱいになったが、百目鬼は平然とプレーを続けた。そしてコースアウトしたときの自己申告は、午前にも増して過少だった。

10

アスカがプレー後の風呂を早めにすませて出てくると、先に皮膚科の羽田野が中庭で涼んでいた。

「羽田野先生、早いですね。カラスの行水なんですか」

「僕はシャワーだけなんだ。風呂は立ち入り禁止だから」

なぜと首を傾げると、羽田野は背を向けて、「ほら」と下着もろともウェアをめくり上げた。背中一面にリアルな刺青が入っている。マグリットの「ピレネーの城」だ。波打ち際の上空に、青灰色の巨石が浮かび、その上に小さな城が建っている。

「すごい。本物の絵みたいですね」

「3Dタトゥーだよ。皮膚科的には、僕の皮膚は刺青には最高の素材なんだ」

「最高の素材？」

「表皮が薄く、有棘層《ゆうきょくそう》が均一で、皮丘《ひきゅう》が緻密なんだ。基底層《きていそう》のメラノサイト（メラニン細胞）も少ないしね」

「つまり、色白で肌理《きめ》が細かいってことですか」

「まあそうだな。顔料の発色、描線の鮮明さ、経年耐久が抜群なんだ。彫り師にしたら垂涎《すいぜん》の皮膚だろうね」

「はあ……」

アスカはちょっと身を引き、ずっと背中を露出したままの羽田野に言った。

「あ、もういいです。ありがとうございます」

羽田野は身づくろいしてから向き直り、アスカの手首のあたりを指で探った。

「君もなかなかの皮膚だな。きれいに発色しそうだから、いい彫り師を紹介してあげようか」

「けっこうです」

「どうして？　刺青はいいよ。一生消えないんだから」

いやいや、それが問題だろうと、アスカはさらに身を引く。

「そろそろみなさんが上がってこられるぞ」

タイミングよく保利が呼びに来て、アスカは羽田野といっしょに二階のコンペルームに上がった。反省会という名の飲み会が予定されていた。

丸テーブルに飲み物とつまみが用意してあり、教授たちが風呂上がりのさっぱりした顔で席に着いた。ニギリの精算も問題なく終わっているらしく、なごやかな雰囲気だ。保利が箇単な挨拶をしたあと、今日のプレーについてあれこれ会話がはずんだ。

一段落したあと、百目鬼がわざとらしい咳払いをした。

「ところで、今度の院長選挙だが、夢野先生はどんなふうにお考えです」

急に生臭い話になる。さっきはさんづけで呼んでいたのに、今は先生と呼んでいる。

「私は中立ですよ。立場上、迂闊なことは申せませんから」

「ごもっともです。しかし、メジャーの科から院長が出れば、旧態依然の状況にならざるを得んでしょう」

百目鬼に続いて耳成が口を開く。

「かといって、整形外科の鴨下君では経験不足で危うい感じですしね。ここはやはり百目鬼先生をおいて適任者はいないでしょう」

午前中の眼科vs耳鼻科の言い争いなどどこ吹く風だ。

「僕も百目鬼先生を支持します」と、羽田野が続いた。「なんと言っても、百目鬼先生は収益面でほかの副院長連中を大きく引き離していますからね」

「もし、私が院長に就任したら、麻酔科の予算は大いに配慮させてもらいますよ」

「いや、困りましたな」

「もしかして、ほかの副院長連中からも似たようなアプローチが？」

「いやいや、それは、まあ。ははは」

笑ってごまかし、否定しない。

それまで黙っていた間戸が急に口を開いた。

「夢野先生はご存じかしら。循環器内科の徳富センセには困った噂があるのを」

「何です」

「あの先生、教授室の壁を全面鏡張りにしたでしょう。あれって自己愛性人格障害の徴候なのよ」

百目鬼がわざとらしく驚く。

「ほんとうか。いや、精神科の間戸君が言うならまちがいないだろう。徳富は心臓オタクだと思っていたが、性格異常者だったのか」

「部下が自分より目立つのを防ぐために、優秀な研究者を追い出したりもしてるの」

「それって、アカハラじゃないか」

「そうよ。ハラスメントって言えば、消化器外科の大小路センセ。この前、セクハラで訴えられたでしょ。あの人、色情狂なの。女と見れば見境なくて、脳外科の花田センセにも手を出したらしいわ」

「何、あのネアンデルタール花田にか。うーむ、よほど飢えていたんだな」

あきれる百目鬼をよそに間戸が続ける。

「整形外科の鴨下センセも問題よ。あの人、気が短くてすぐ怒鳴るでしょう。気に入らない秘書をクビにしたり、暴言を吐いたりして、パワハラしてるの。すぐ犬みたいに吠えるから、陰で〝天都大の狂犬〟って呼ばれてるわ」

「狂犬か。そりゃいい」

百目鬼がはしゃいだ声を出すと、耳成が勢い込んで言った。

「百目鬼先生、ほかの副院長に対してネガティブキャンペーンを張りましょう」

「アカハラ、セクハラ、パワハラのハラスメント三人組だな」と羽田野も続く。「調べれば、ネタはいろいろ出てくるぞ」

「なければ作ればいいのよ」

「たとえば？」

耳成に間戸が答える。

「徳富センセは論文のねつ造疑惑、大小路センセには幼女凌辱疑惑、鴨下センセは医局員への暴力疑惑」

「どれもありそうだ。きっとうまくいくぞ」

羽田野が調子づいた声を上げる。アスカはあきれて保利と顔を見合わせる。これも彼らの文化なのか。そう思ったとき、百目鬼が驚くべきことを言った。

「待ちたまえ。ネガティブキャンペーンのねつ造はいかん。それはアンフェアだ」

えっ、さっきと言うことがちがうじゃないか。アスカは目をパチパチさせる人形のように百目鬼を見た。それを無視して夢野に語る。

「夢野先生。私はあくまでフェアに闘うつもりです。ここにいる三人は、私を応援してくれるあまり、つい過激な考えに取り憑《つ》かれたのでしょう。そういう不正は厳に戒めますので、どうぞご安心を。そして、できれば不肖私めへのご支持をよろしくお願い申し上げます」

「はあ、まあ、それは……」

夢野はふたたび曖昧に受け流した。百目鬼は自分のフェアさを夢野に印象づける作戦だったのだろう。それにしてもクサイ芝居だ。

話が一段落したところで、保利が疲れたように言った。

「それでは、今日はこのへんでお開きということに」

11

一週間後、アスカは延明出版に保利を訪ねた。

取り出す。

「先週のゴルフ、お疲れさまでした」

「いったい何なんだ、あの連中は」

保利は教授たちの奇行、奇言にあきれて怒った。未処理のトレイから封書を取り、中身を取り出す。

「ゴルフ場からの請求書だよ。百目鬼さんは帰りに入浴剤とシャンプーまでツケで買っていったみたいだ。どこまでミミッチイんだ」

「びっくりですね。ご自分でも優雅な生活だとおっしゃってたのに」

「帰りの車の中でも金の話ばっかりだ。出版社は儲かるのかとか、給料はいくらだとか、ベストセラーはどれくらいの収益になるのかとか。まったく、どういう神経なのかね」

「特に理由はないようです」

あれほどの守銭奴体質には、きっと何か理由があると思ったが、そうではないようだ。つまりは、ビョーキということだ。

百目鬼は耳成の不正もビョーキだと言っていた。当人も気づかないでやってしまうヘンなこと。挨拶もせず、急にオネエ言葉でしゃべる間戸も、自分の皮膚を刺青に最高の素材だと言う羽田野も、負けず劣らずビョーキなのだろう。

そういえば、保利もこの前、奥さんに離婚されたと言っていた。理由はミニカーの集めすぎらしい。離婚されるまで趣味に熱中するのもビョーキだろう。

そこまで考えて、アスカは背筋が寒くなった。

だれしも見えるのは他人のビョーキばかりだ。自分は大丈夫か。ふとそんな不安が脳裏をよぎった。

第5章　謝罪会見

1

アスカは緊張した面持ちで、天大病院に向かっていた。

院長選挙に立候補した四人の副院長が、それぞれの方針を述べる院内討論会に、オブザーバーとして出席することになったからだ。

同行していた延明出版の書籍出版局部長、保利博は大リーグの試合でも見に行くような気楽さで言った。

「これって、アメリカ大統領選挙の公開討論会のミニ版みたいなもんだろう」

アスカはひとりでは心許《こころもと》ないので、保利に同席を頼んだのだった。

地下鉄の出口から角をひとつ曲がると、天大病院の正面に出る。四人の副院長に取材を終えていたアスカは、不安な思いを保利に洩らした。

「四人とも超プライドが高いし、すごい自信家で、かつ戦闘的だから、討論会は一波乱あるんじゃないかと心配で」

「聴きに来るのは、投票権を持つ病院の医師たちと、事務系の幹部だろう。失言や失態は大きなマイナスになるから、副院長たちも慎重になるんじゃないか」

常識的な答えを返しながら、保利も必ずしも楽観はしていないようだった。先日の接待ゴルフで、副院長の一人である百目鬼のあくの強さを、いやというほど実感したからだろう。

2

二人はまず候補者の控室になっている病院本館八階のカンファレンスルームに行った。部屋にはすでに四人の副院長たちが白衣姿で着席していた。

「やあ、吉沢さんに保利さん。どうぞこちらに」

正面のテーブルに座っていた麻酔科教授の夢野が、二人を呼び寄せた。医学部長の彼が司会進行を務めると聞いていた。

討論会までにはまだ半時間ほどあったが、四人は思いのほかなごやかな雰囲気だった。

アスカたちの入室で中断したらしい話題を、循環器内科の徳富が再開する。

「今日の方針演説では、医療の安全管理についても触れてほしいとのことですが、この前の千葉県Gセンターでの乳がんの患者取りちがえはひどかったねぇ。五十代の進行がんの患者とまちがえて、三十代の女性の乳房を全摘したんだからな」

「三十代のほうは早期だったんでしょう。温存手術ですむところを、全摘されたらそら怒るでしょうね」

改革派の旗手、鴨下が肩をすくめてみせる。外科の大御所である大小路は、斜視気味の目をうごめかせて注釈した。

「言っとくが、早期がんだから温存手術でいいというわけではないぞ。全摘でも温存手術でも、死亡率が変わらんから、切除範囲を縮小しているだけだ。早期でも再発するものは再発する」

大小路とは外科系医局の親睦旅行で、濃厚なセクハラをされそうになって以来だ。

「千葉県Gセンターは、相当な額の賠償金を払うんでしょうな」

天大病院の稼ぎ頭で、とにかく金の話が好きな百目鬼が、計算を巡らせるようにつぶやいた。

「あのあと新聞に出てましたけど、ほかの病院でも、これまで患者の取りちがえはけっこうあったんですよ」

鴨下が記憶をたどるように列挙していく。「世間的に騒がれたのは、一九九九年の横浜市立D病院の事件が最初ですね。心臓と肺の手術を受ける患者を取りちがえて、それぞれに逆の手術をして大騒ぎになりました。そのあとしばらくなかったんですが、二〇〇五年に愛知県Gセンター中央病院で、結核の患者と肺がんの患者を取りちがえて、肺の一部を切除しています。二〇〇七年には東北D病院で、前立腺肥大と前立腺がんの患者を取りちがえ、前立腺を全摘してます。続いて二〇〇九年には大阪市立S医療センターで、感染症の患者と肺がん患者の検体を取りちがえて、肺の一部を切除しました。二〇一三年には、六月に熊本D病院で肺がん患者の検査組織の取りちがえ、十二月には東京の国立成育Iセンターで小児がん患者の取りちがえが起きてます。翌一四年には、兵庫県の高砂C病院で良性腫瘍の患者が乳がん患者と検体を取りちがえられて、乳腺の一部を切除されています。これはマスコミに知られた例だけで、バレていないのはもっとあるでしょうね」

「こうして見ると、取りちがえは外科系ばかりですなぁ」

内科の重鎮である徳富が、口を横に広げて嫌味たらしく笑う。外科の大小路がトドのような短い首を膨らませて反論した。

「外科は手術で目立つから槍玉《やりだま》に挙げられるんだ。内科でも薬の取りちがえや検査の取りちがえは日常茶飯事だろう」

否定するかと思いきや、徳富は例の『不思議の国のアリス』に出てくるチェシャ猫笑いのまま、他人事《ひとごと》のような顔をしている。

「取りちがえはいろんなところで起こりますよ。整形外科でも上肢切断と下肢切断をまちがえて、あわや健康な脚を切り落としかけた病院がありますからね」

大阪出身の鴨下が関西弁のイントネーションで言うと、百目鬼も苦笑しながら続く。

「眼科もたまに目の左右をまちがえるんだよな。ヘンだなと思いながらレーザー治療で血管を灼いていたら、逆の目だったということがある。そんなときは、反対の目も予防的に灼いときましょうと言ってごまかすがね。ハハハ」

乾いた笑いが洩れ、ほかの副院長たちにも伝播《でんぱ》した。患者の取りちがえは、治療を受ける側からすれば、とんでもない重大なミスなのに、四人にはまるで深刻さが感じられなかった。

3

「それにしても、病院で医療ミスや医療事故が起きたときの謝罪会見、あれは何とかならんもんでしょうかねぇ。いつも院長らが深々と頭を下げさせられ、まるで世間のさらし者じゃありませんか」

徳富がチェシャ猫笑いの口元を歪めると、大小路も大きくうなずいた。

「まったくだ。天大病院は注目度が高いから、医療ミスがあったらマスコミの連中が目いっぱい集まるんだよな。ここぞとばかりに正義を振りかざして、いったい何様のつもりなんだ」

「同感ですな。我々のような専門家が、どうしてマスコミの記者ごときに謝罪しなきゃならんのです。連中は医療の専門的なこともわからんくせに、世間の代表みたいな顔をして、きれい事と建前で高飛車に糾弾してきよる。我々がどれほど現場で苦労しているか、わかっているのかと言ってやりたい」

百目鬼が腕組みの姿勢で下唇を突き出すと、鴨下もうんざりしたように続いた。

「去年、宇津々先生が引っ張り出された謝罪会見もひどかったですね。泌尿器科で腹腔鏡手術の患者が亡くなったとき、他科のミスなのに、院長というだけで救命救急部の宇津々先生が糾弾されて、安全管理はどうなってるんだとか、さんざん攻撃されたでしょう。そんなん、やるだけのことはやってますよ。それでも患者は死ぬときは死ぬんです。こっちの苦労も知らずに、ふざけるなって感じですよ」

「あのときいちばんひどかったのは、自大《じだい》新聞の菅山《すがやま》って記者だな。宇津々先生に指を突きつけて、患者は医者の練習台なのかって大声を出したヤツだ。あいつはテレビにも出てるが、正義の味方面をして、きれい事で世間を惑わすペテン師だ」

大小路が吐き捨てるように言った。

「菅山は反権力の市民派を気取ってますが、家では家庭内別居で、愛人に不倫写真をばらまくと脅されて、慰謝料を三百万払ったって話ですよ。イヒヒヒ」

鴨下が嬉しそうに嗤うと、百目鬼も思い出したように言う。

「そういえば、平政《へいせい》新聞の豊川《とよかわ》という記者もひどかったな。謝罪会見のときはいつも最前列で横柄に脚を組んでるヤツだよ。あいつは一度、公判中にペットボトルの水を飲んで、裁判官に注意を受けたことがあるそうだ。娘は二十年以上引きこもりで、息子は家庭内暴力、奥さんはうつ病で、家に帰りたくない症候群らしい」

徳富も身を乗り出さんばかりに続く。

「日報《にっぽう》ガゼットの一文字《いちもんじ》もコンプレックスとルサンチマンの塊ですよ。蛇みたいに執念深い目つきで、成功者をひきずり下ろすことにしか生き甲斐を感じない精神的変態ですな。ヤツはバツ二で、離婚の原因はロリコン趣味らしい。酒浸りでγ《ガンマ》GTPが七〇〇を超えてるそうだから、長生きはしないだろうがね。ウフフフ」

女のような笑いを洩らす。記者の悪口を言い合う彼らの面相は、陰湿な快楽に歪み、見られたものではなかった。アスカはうつむきながら不思議に思う。人の悪口ばかり言っていると、悪相が染みつくのが、天大病院の副院長ともあろう教授たちにはわからないのか。

「宇津々先生が急死されたのも、あの記者会見での屈辱と心労が原因だった可能性もあるんじゃないですか」

鴨下が言うと全員が押し黙った。徳富はうつむき、大小路は斜視気味の目の焦点をぼやかし、百目鬼は両手で顔を覆っている。鴨下も自らの軽率な発言にうろたえたようで、目尻に思い切り皺を寄せて、頭を掻いた。

徳富がひとつ咳払いをして、話をもどした。

「とにかく、謝罪会見に院長が出なきゃならんというのが困りますな。自分のミスで謝るのならまだしも、部下や他科の医師の失態で頭を下げるのは、どうにも納得がいかない」

「いやあ、僕は自分のミスでも謝罪したくありませんね。ましてや他人のミスで謝るなんて論外です」と鴨下。

「私の手術にはミスはあり得んからな。『謝罪』などという言葉は私の辞書にない」

「私も同じだ。治療の結果が悪くても、それは私のせいではない。患者の体質や看護師や偶然のせいだ」

大小路と百目鬼が続く。

まじめに耳を傾けていた保利が、アスカに顔を寄せて聞いた。

「おい、なんかすごいことを言ってるが、みんなマジなのか」

「たぶん」

これまでの取材を思い出して、アスカがうなずく。

徳富はアスカたちがいることなど眼中にないようすで、さらにうそぶいた。

「だいたい、世間の連中は、医療が安全で当たり前のように思っているから困りますな。医師を超能力者か、魔法使いと勘ちがいしてるんじゃないですか。医師だって人間なんだから、ミスもすれば失敗もする。医療ミスをゼロにはできませんやね。ハッハハ」

大小路以下も順に続く。

「その通り。医療には常に不確定要素があるのに、結果だけ見てああだこうだと言われても困る。手術で合併症が起こるかどうかは、半ばギャンブルみたいなもんだ。同じようにベストを尽くしても、運の悪い患者は合併症で命を落とす。患者の運の悪さにまで責任を持てんよ。フフン」

「整形外科も同じです。手術で痛みが消えるかどうかなんて、だれも保証できませんよ。一応、そうなるだろうと思ってやってるだけですから。椎間板ヘルニアの手術なんか、患者が何とかしてくれと言うから仕方なしにやるんです。整形外科医はよほどのことでもないかぎり、自分は手術なんか受けませんよ。ヘッヘッヘ」

「眼科も同様だな。高齢者の治療なんか、ほとんど気休めだからな。そもそも老化現象なんだから、治るわけないじゃないか。収益を上げるために無駄を承知でやってるようなもんだ。アハハハ」

四人があっけらかんと笑う。選挙では対立してる彼らも、こと医療の危険性や不確定要素に関しては意見が一致するようだ。それにしても話が露骨すぎないか。

それまで黙って聞いていた夢野が、アスカたちの手前、さすがにまずいと思ったのか、取り繕うように言った。

「いやはや、みなさん、言ってはいけない本音のオンパレードですな。吉沢さん、どうぞオフレコに願いますよ」

夢野は四人に対する警告の意味も込めたようだったが、鴨下がこれに嚙みついた。

「いや、吉沢さんには、ぜひともこういうことを書いてもらいたいですね。世間に医療の実態を知ってもらったほうがいい。でないと、我々はいつまでも医療が完璧であるような演技を続けなければなりませんから」

さすがは若手の改革派だとアスカは注目した。『医療崩壊の救世主たち』には、そういう医療の赤裸々な実態もぜひ盛り込みたい。ところが、これに思いがけない横やりが入った。

4

「鴨下君、それはどうだろう」

徳富がテーブルに片肘を突いて、皮肉っぽい笑みを浮かべた。「世間とか患者は幻想が好きだからねぇ。シビアな現実より、夢のようなきれい事で安心していたいのじゃないか」

「おっしゃる通り」と、百目鬼が引き取る。「患者は医療を信じているからこそ、治療を受けに来るのだ。ほんとのことなど公表したら、だれも病院に来なくなるぞ」

「それは困る。手術を信じない患者が増えれば、メスを振るえなくなる」と大小路も続く。

「そもそも、患者は医療ミスで死んだら莫大な賠償金を要求するくせに、治療がうまくいっても保険診療の自己負担分しか支払わないとはどういう了見だ。命を救ってもらったんなら、全財産を差し出したっていいだろうと言いたい」

鴨下もあっさり三人に同調する。

「たしかに患者が死ぬと、家族はすぐ医療ミスを疑いますよね。ほんとうのことが知りたいなんて言いますが、事実を説明してもまず納得しませんよ。結局、思い通りにならなかった怒りや悲しみを、我々にぶつけてるだけなんだ。そんなの八つ当たりでしょう」

「その通りだ」と徳富も同意し、アスカと保利に開き直るように言った。

「この際だから率直に言いますが、我々医師は、世間やマスコミが医療に非現実的な要求を突きつけることに辟易《へきえき》しとるんです。たとえば循環器内科で言うと、カテーテル治療で冠動《かんどう》脈《みゃく》の狭窄《きょうさく》を広げるとき、強引にやると血管が破れる。遠慮していると広がらない。もともと動脈硬化で狭くなってるんだから、なかなか広がらない上に、すぐ裂けるのはわかっているでしょう。医師は常にイチかバチかのギリギリの状況でやってるんです。なのに患者や世間は絶対的な安全を求め、なおかつ十分な効果も求める。これって土台、矛盾してるんです」

「それは外科医とて同じだ」と、大小路がサルトルばりの斜視気味の目をうごめかして続けた。「手術を受けるとき、患者は必ずベテランに執刀してもらいたがるが、それは身勝手もいいところだ。当たり前のことだが、はじめからベテランの外科医はいない。初心者の手術を受けてくれる患者がいるから、ベテランに育つのだ。それなのに自分はベテランに手術してもらいたいなんて求めるのは、練習はほかの患者でやってくれと言ってるのも同然だ」

「患者は常に手術の成功を望みますが、そもそも手術の失敗率はゼロにはなりませんからね」と、鴨下が優秀そうな童顔に、皮肉な笑みを浮かべて言った。「失敗率がゼロでないということは、手術をやればやるほど、いつか失敗するということです。その失敗がいつ起こるかはだれにもわかりません。手術は弾倉の多いリボルバーでやるロシアンルーレットみたいなものですよ」

鴨下と犬猿の仲であるはずの百目鬼も、世間やマスコミへの反感では連帯できるらしく、大きくうなずく。

「眼科医も患者の無理な要求にはうんざりしとるんだ。老化で目が見えなくなるのは、夕陽が沈むのと同じくらい当然のことなのに、いつまでも見たいとか、せめて新聞くらいは読みたいとか、欲の深いことを言いよる。生まれつき全盲の人もいるのに、ぜいたくをぬかすなと言いたい」

「賛成！」と、鴨下が挙手で同意を表明した。「整形外科でも、年寄りの患者が厚かましくて困りますよ。痛いだの、歩けないだの、自分の都合ばかり並べて文句を垂れるんです。こっちだって精いっぱいやってるのに、不平不満の連続で、まるで感謝の気持がない」

「そうだな」と、徳富が薄い口髭を撫でながらうなずいた。

「消化器内科のがんの治療でも、患者は抗がん剤が効かないなんて文句を言うが、そもそも抗がん剤ではがんは治らないんだからな。はじめから無理なことを求めるのが困る」

　四人の副院長たちは、そうとうストレスが溜まっているようだった。

　夢野が困った顔で保利に聞いた。

「こういう身もフタもない話を、患者側としてどう思われますか」

　できれば有効な反論をしてほしいという顔だ。ところが保利は、逆に四人の院長候補におもねるような返答をした。

「いや、先生方のおっしゃることはもっともです。マスコミは患者目線の医療をなんて言いますが、患者側もときには医者目線で医療のことを考えないといけませんな」

「そうなんだよ、君。なかなか話がわかるじゃないか」

徳富が満足そうに微笑み、全員を見渡して言った。「話が逸れましたが、要は医療ミスがあっても、謝罪会見を開かないですませる方法はないものかということです」

「そうそう」と大小路がうなずく。

「やっぱりミスは隠ぺいするしかないんじゃないですか」

鴨下が言うと、徳富が即座に却下する。

「それはまずい。バレたら十倍の謝罪が必要になるからな」

「それなら、専門用語で言いくるめるか」

百目鬼が言うと、向かいの大小路が首を振った。

「いや、最近の患者はネットで情報を仕入れとるから、ヘタな説明をすると、逆に揚げ足を取られて窮地に陥りかねない」

「患者や家族をごまかしても、内部告発の危険があるしな」

徳富も腕組みをして首を捻る。鴨下が半ば投げ遣りに提案する。

「いっそのこと、治療前の患者説明を思いっきり悪く言いますか。軽い狭心症でも重症の心筋梗塞、早期の胃がんでも末期の進行がんだと言って、助かる見込みはほぼゼロてな具合に」

徳富が引きつるように笑いながら手を振る。

「いやいや、患者集めのポイントは、まず大丈夫ですと安心させることなんだ。どの患者も重症扱いにしたら、悪い噂が広がってだれも病院に来なくなるぞ」

「むずかしいな」

「何とかマスコミの前で謝らなくてもいい方法はないもんかね」

百目鬼と大小路が言い、全員に手詰まり感が漂ったとき、アスカが遠慮がちに言った。

「あの、部外者が口をはさむのはいけないかもしれませんが」

「かまわんよ。第三者の意見は常に貴重だ。ぜひうかがいましょう」

徳富が言って、ほかの三人にも期待する空気が生まれた。

「謝罪会見を開かないですませるには、まず医療ミスをしないようにすることが先決じゃないですか」

言い終わったあと、四人の副院長はいっせいに噴き出した。

「わははは。何を言うかと思ったら」

「だはは。現実離れもいいところだ」

「ぶほほ。モノを知らないというのは実に怖い」

「びひひひ。お嬢ちゃんの夢物語だ」

お嬢ちゃん呼ばわりされて、アスカは気色《けしき》ばんだ。

「どうしてですか。専門家ならまずミスがなくなるよう努力すべきでしょう。患者の立場から言えばそれが当然のことです」

「何だとぉ」

鴨下がふいに険悪な目つきで凄《すご》んだ。保利が言いすぎだとばかりにアスカを抑えたが、ほかの三人も冷ややかにアスカをにらみつけている。鴨下がドスを利かせた声で言った。

「努力はしてるよ。精いっぱいね。優秀な我々が、細心の注意を払い、食事の時間も睡眠時間も削り、家庭サービスも趣味の時間も犠牲にして、必死にミスや事故がないようにと心を砕いているんだ。それでも起こるのが医療ミスなんだよ。油断したり、手を抜いたりしてるわけじゃない。これ以上、どう努力できると言うんだ。方法があるなら言ってみろ」

挑みかかるように言われて、アスカは反論できなかった。まるでヤクザだ。保利が慌ててフォローする。

「申し訳ありません。専門家でもない者が、よけいなことを言って失礼いたしました。先生方が常にベストを尽くしておられることは十分に承知しております。どうかご容赦を」

険悪な雰囲気は収まらなかったが、夢野が壁の時計を見上げて、とぼけるように言った。

「おっと、もうこんな時間だ。そろそろ会場に行きましょう。来場者のみなさんが先生方の方針演説を待ちかねておりますよ」

5

討論会の会場は同じ本館八階の階段大ホールだった。

院長選挙の投票権は、各科の助教以上の医師約四百人と、看護部、薬剤部、技師部、事務部の管理職約百四十人にあり、会場にはその約七割が出席しているとのことだった。討論会は午後二時から四時までで、前半の一時間に候補者がそれぞれの方針を述べ、後半の一時間で意見を交わす段取りらしい。アスカと保利は最前列右端に用意された席に座った。

夢野がマイクを取り、候補者を紹介する。まず徳富が演台に立った。彼は例の歯を剝き出しにするチェシャ猫笑いで、おもむろにしゃべりだした。

「我が天大病院において、今、もっとも必要とされるのは、時代の変化に対する即応力であります。病院執行部は大学病院の心臓部であり、院長は中心的役割を果たす心臓そのものと言えるでしょう。私が院長に就任した暁には、院内の隅々にまで、新鮮な血液のような秩序と優遇を送り届けることをお約束いたします」

徳富は得意の心臓至上主義を仄《ほの》めかしつつ、自分こそが院長にふさわしい教授であることを力説した。

医療の安全管理については、次のように語った。

「医療ミスや医療事故は努力で必ずゼロにできます。しかし、万が一にも不幸な事例が発生したときには、私自らがその全責任を一身に負うことを、ここに公言いたします」

さっき医療ミスはゼロにはできないと言ってたじゃないか。アスカは胸の内であきれたが、徳富は余裕の笑みで拍手に応え、悠然と候補者席にもどった。

続いて、消化器外科の大小路が演台に立った。恰幅のよい大小路は、首が肩に埋まりそうな鈍重な姿勢でマイクに近づく。

「天大病院が我が国トップの医療施設であるためには、アグレッシブな改革が必要です。天大病院には誇るべき歴史と伝統があります。しかし、それは同時に因習、鈍重さ、非効率にもつながるものです」

齢《よわい》六十の大小路がアグレッシブな改革などとぶち上げたことに、意外そうな反応が広がった。

「これらの古い体質は、いわば病院のがんです。がんを取り除くには手術が必要です。手術と言えば、やはり外科医がその任に当たるべきでありましょう」

そういう理屈かとアスカは納得する。

「不祥事があったとき、膿《うみ》を出し切るなんてことがよく言われますが、これも外科手術によるしかありません。私が院長に就任すれば、外科医ならではの決断力で、断固たる病院運営をお約束いたします。万が一、院内で医療ミスや医療事故が発生した場合は、決して逃げることなく、正々堂々と困難に立ち向かうことをここに宣言いたします」

大小路もさっきと言うことがちがっている。自分の辞書に「謝罪」という言葉はないとうそぶいていたのに、ほんとうに逃げないのかと、アスカは疑いの視線を送る。

次に立ち上がった鴨下は、前の二人と差別化を図るような軽快な足取りで、演台に近づいた。童顔の笑顔と関西弁イントネーションの砕けた口調で自説を語る。

「徳富先生も大小路先生も、時代の変革は感じておられるようですけど、ほんとにわかってるんでしょうかね。即応力とか決断力とか言ってましたが、具体的に何をするのかさっぱりわかりませんね。僕が院長になったら、まず大学病院の研究部門を独立させて、治療と研究をきっちり分けます。そうすることで、ウチの病院は最先端の医療に特化できるでしょう。一般診療とか地域医療みたいなどこの病院でもできることは、その他大勢の病院に任せればいいんですよ」

歯切れのいい話しぶりに、聴衆が引き込まれる。鴨下はさらに続ける。

「改革を断行するためには、新しい発想と瞬発力が必要です。自らが権威主義の象徴のような御大《おんたい》が院長になっても、改革は口先ばかりにとどまるでしょう。僕のやっている整形外科は、骨と筋肉と関節を診療する科です。病院を人体にたとえるなら、骨組みをしっかりさせ、活発な動きを保証できるのは、整形外科の僕以外にはいないでしょう」

さらに安全管理についてはこう言った。

「医療に不確定要素はつきものです。万一、過ちを犯したときには率直に非を認め、謝罪すべきときは潔く謝罪し、二度と同じ轍《てつ》を踏まないよう粉骨砕身の努力を積み重ねなければなりません」

鴨下も先の二人同様、言っていることがまるでちがう。会場に集まった聴衆は何も知らないだろうが、少なくとも保利とアスカは、控室での露骨すぎる本音を聞いている。それを何とも思わないのか。

拍手に送られて鴨下が候補者席にもどると、しんがりの百目鬼が悠然と演台に向かった。彼は鴨下で盛り上がった空気を、いかにして自分に惹きつけるか考えているようだった。

「若い者は実に元気があっていい。ワンワン、キャンキャン、まるでかわいらしい仔犬のようではありませんか」

鴨下が陰で〝天都大の狂犬〟と呼ばれていることを揶揄する作戦のようだ。

「しかし、明るい未来を語るだけでは、どんなすばらしいスキームも絵に描いた餅です。私が強調したいのは実績です」

百目鬼が収益面での実績を強調しているのは明らかだった。彼は各科の診療実績を早口にまくしたてたあとで、おもむろに言った。

「眼科がなぜ、これだけの実績を挙げ得たのか。それは見えているからです。現代は不確実性の時代と言われております。ならば、病院運営においてもっとも重要なことは、未来を見通すということではないでしょうか。目まぐるしく変化する現実をしっかり見据え、状況を一目でわかるように把握し、医療ミスや医療事故が起こらないよう厳重に見張り、不正や非効率から目を逸らさず、天大病院を世界の医療界から一目も二目も置かれる存在に育て上げ、世間が瞠目する活躍を実現できるのは、病院の目たる眼科教授の私をおいてほかにはないでしょう」

眼科得意の目尽くしスピーチだ。医療の安全管理についてはどう語るのか。アスカは半ば期待を捨てて耳を傾けた。

「医療ミスや医療事故は、眼科領域ではまず起こりません。しかし、他科ではさまざまな場面で危機的な状況が発生するでしょう。私が院長の任に就いたならば、すべてこの百目鬼がみなさんをお守りすべく、非難の矢面に立つ覚悟でおります」

やっぱり……。

アスカはがっくり頭《こうべ》を垂れたが、百目鬼は胸を張って、登場時と同じく悠然たる足取りで候補者席にもどった。

6

四人の方針演説のあと、五分間の休憩をはさみ、いよいよ後半の討論となった。

「ここからは候補者の先生方に自由に発言していただきますが、最初に私のほうから問題提起をさせていただきます。昨今、日本の医療崩壊が問題視されて久しいですが、これに対し、天大病院が果たすべき役割について、みなさんはどうお考えでしょうか」

いよいよだなというように、保利がアスカに目配せを送る。

最初に発言したのは、例によって徳富だった。

「医療崩壊。実に由々しき問題ですな。私が考えるに、医療崩壊のそもそもの発端は、各分野の細分化ではないでしょうか」

会場の興味を惹きつつ、徳富はもったいぶって説明する。

「我が天大病院で申し上げると、かつての内科系は第一内科から第四内科までだったのが、今は循環器、呼吸器、消化器、神経、血液、腎臓、内分泌の七科に分かれてしまっている。当然、そこには重複や無駄が含まれるわけで、この負担が医療崩壊の引き金になったと考えられます。ですから対策としては、各科の統廃合を進めることが有効でしょう。内科系はひとつにまとめて、新たに『総合内科』としてスタートするのがよいと考えます」

徳富の魂胆は明らかだった。「総合内科」という巨大医局を作ることで、人数的に主流派を形成し、自らがそのトップに収まることだ。徳富以外の内科系の教授には、内閣の大臣のようなポストで権限が与えられるのだろう。

次に発言したのは消化器外科の大小路だ。

「賛成ですな。やはり医療は外科と内科という二本柱が中心となるべきでしょう。外科も系列医局を統合して、『総合外科』を編成する。いわばアメリカ議会のような二大政党制ですな」

アスカは首を傾げる。仮に「総合外科」ができたところで、先日の親睦旅行に集まった外科系医局では、医師数で「総合内科」に及ばないはずだ。徳富もそれを見越した上で提案しているはずだが。そう思っていると、大小路が平然と言ってのけた。

「『総合外科』には、従来の外科系医局に含まれる消化器外科、心臓外科、呼吸器外科、脳外科だけでなく、手術を主な治療手段とする整形外科、泌尿器科、産婦人科も統合すべきでしょうな」

なるほど。そこまで含めれば、「総合外科」は「総合内科」を上まわる勢力となる。しかし、そうすんなりいくのか。思う間もなく、整形外科の鴨下が反論した。

「ちょっと待ってください。そんな変な組織に整形外科を勝手に組み入れてもらったら困りますよ。泌尿器科だって、これまで大小路先生は、あれはオシッコを扱う汚い科だと言ってたし、産婦人科のことだってスケベ医者の集まりだと蔑んでたじゃないですか。それを自分の配下に組み込もうなんて、厚かましいにもほどがある」

会場の一部から拍手が起こる。整形外科、泌尿器科、産婦人科の面々だろう。

鴨下に続いて眼科の百目鬼も反対した。

「私も科の統廃合には同意できませんな。眼科をはじめとして、耳鼻科、皮膚科、それに精神科などは、特定臓器に特化したスペシャリストの科です。それぞれが一国一城の主で、診断も治療も独自の方針でやっている。それを内科と外科の二大政党制などとは、あまりに粗雑な議論としか言いようがない」

「その通り」と鴨下が引き取る。「医療崩壊を阻止するためには、細分化の維持はぜったいに必要です。むしろもっと細分化を進めてもいいくらいです。徳富先生の循環器内科にしても、虚血性心疾患と心不全は、検査から治療までそれぞれ異なるのですから、二つに分けてもいいくらいだ」

彼の狙いは科の細分化によって、相対的に整形外科の優位を確保することだろう。それでも弱小の科を免れない眼科の百目鬼は、新たな展開に出た。

「各科の勢力を医師数で判断するのは、もはや古いのではありませんか。今は効率と実績が重視される時代です。単純な人数ではなく、個々人の評価、すなわち収益率を基準に調整しなければ、数ばかり多い無能な科がのさばることになります」

徳富が八の字眉をチェシャ猫笑いにかぶせて反論した。

「百目鬼先生お得意の経済的貢献ってヤツですな。しかし、それでは世間から、天大病院は〝医は仁術ではなく算術だ〟というそしりを受けませんかねぇ」

「十分あり得る」

「それはまずい」

大小路と鴨下が同調すると、孤立した百目鬼はぐいと顎を引き、徳富をにらむように言った。

「徳富さんも世間の評判を気にするのなら、その前に院内の評判を考えたほうがいいんじゃないですか」

先生ではなくさん付けで呼んだことで、険悪な空気が広がる。

「どういうことですかな」

「あんたは『総合内科』とか言って、内科系の教授連を取り込む魂胆のようだが、陰では他科のことをボロクソに言ってるじゃないか。さっきだって、抗がん剤ではがんは治らないとか言って、消化器内科をバカにしてただろ」

会場の一部がざわめいた。消化器内科の医師たちが怒ったようだ。

「妙な言いがかりはやめていただきたいですな。私はそんな不見識なことは申しておりませんよ。百目鬼先生のご発言は、弱小科ゆえのゴマメの歯ぎしりってヤツですかね」

徳富は上から目線で百目鬼を抑え込もうとしたようだが、鴨下がこれに反発した。

「そういう言い方はよくないんじゃないですか。徳富先生はほかの臓器を見下して、心臓こそ最重要臓器だという鼻持ちならないエリート主義に取り憑かれているんだ」

「心臓が重要臓器なのは事実でしょう。骨とか筋肉みたいな身体の辺境を扱う整形外科ごときが何を言うか」

「整形外科ごときって何ですか。侮蔑発言もいいところだ。取り消してもらいたい」

「たしかに徳富さんには傲慢なところがある」

割って入ったのは大小路だった。「心臓は、言ってみればただのポンプだ。生命の糧となる食事を摂取し、吸収する消化器のような人間性あふれる営みには縁が薄い。それに徳富さんが、ヨーロッパではかつて医師と言えば内科医のことで、外科医は床屋が兼ねていたとか、看護師は売春婦を兼ねていたとか言いふらしていることも、私の耳に届いておる」

それはアスカも聞いた。大小路は徳富の不適切発言を暴露することで、彼を追い落とすつもりのようだ。しかし、これは藪蛇《やぶへび》だった。フォローしたはずの鴨下から反撃を食らったからだ。

「大小路先生だって大いに問題ありですよ。元医局秘書からのセクハラ訴訟。それに徳富先生に負けない権威主義。消化器外科は口から肛門まで守備範囲が広いだの、日本人の死因のトップはがんだから、それを扱う消化器外科がエライだのと、あちこちで吹聴しているでしょう」

「それは私も聞いた」と徳富が反撃に出た。「呼吸器外科は肺がんが薬で治るようになれば絶滅するとか、脳外科は顕微鏡手術ばかりでチマチマしてるとか、陰口では私などとてもかないませんよ。それに、脳外科の花田先生のことは、ネアンデルタール顔だとも言ってたし」

「何ですって」

会場前列から花田が立ち上がり、甲高い声を上げた。大小路が慌てて弁解する。

「わわわ、私はそんなことは言ってない。私以外のみんなだ」

「みんなですって。キィーッ」

金切声が響き、花田はハイヒールで床を荒々しく踏み鳴らす。それを見た徳富が上品ぶって口元に手を当てる。

「外科系の先生方は品がなくて困る。花田先生は学会のパーティで、『ごめんあそばせ』と言うところを『ごめんなすって』と言ったそうですね」

「黙れ。この口裂け笑いの似非《えせ》紳士野郎が」

指を突きつけて叫ぶ花田を、まわりの医局員が必死になだめて座らせた。

「人の顔の悪口を言うなんて最低ですね」

鴨下があきれたように首を振り、百目鬼に冷ややかな視線を送る。「百目鬼先生も僕のことを〝天都大の狂犬〟とか言いふらしてるらしいけど、自分はモンキー顔でよく言いますよ」

「貴様も顔の悪口を言っとるじゃないか。だいたいお前が私を〝銀髪の守銭奴〟などと言うから、こっちも〝狂犬〟呼ばわりしているだけだ」

百目鬼がわめくと、徳富がプッと噴き出した。

「百目鬼先生は、そのあだ名をトイレの落書きで発見したようですよ。整形外科の鴨下が書いたにちがいないと怒ってましたが、私にこう言ったんです。この百目鬼を〝守銭ヤッコ〟と書いてあるとね」

会場のあちこちで失笑が洩れる。鴨下が面白がって続ける。

「そうなんですよ。百目鬼先生は漢字が苦手らしくって、いつか病院幹部の旅行で信州に行ったときも、土産物屋に出ていた『名物栗ぜんざい』ののぼりを見て、『メイモツ栗ぜんざいか。うまそうだな』と言ったんです」

「バ、バ、バカ者。そこの大小路君はだな、医学生のとき、学食でカップヌードルの調理法を音読して、『ねつゆ三分か』と言ったんだ。わっはっは」

百目鬼が嘲笑すると、大小路が顔を真っ赤にして反論する。

「あんただってモーツァルトの『魔笛《まてき》』を『まぶえ』と読んでたじゃないか。それからみなさん、百目鬼さんはワープロが出はじめのころ、『石油』の漢字変換ができないと騒ぐんで、見たら『せきゅう』と入力して変換しようとしてたんです。バカですよね。あはははは」

大小路が天井を向いて笑うと、鴨下が突然、「ぎゃははは」と、はしたない笑い声を上げた。

「漢字の変換で思い出しましたが、徳富先生、学生に聞きましたよ。講義の板書で『文明の利器』と書くべきところを、『文明の力《りき》』って書いたんですってね。それから『焦って』を『汗って』と書いたとか。なんか、感じ出てるじゃないですか」

「何を言うか。私だって聞いてるぞ。鴨下君は『死んで花実が咲くものか』を『死んで花火が咲くものか』、『河童の川流れ』を『葉っぱの川流れ』と言ったそうじゃないか。わははは。

大阪では慣用句はみんなダジャレに変えるのかね」

　司会の夢野がたまらず割り込む。

「みなさん、ご静粛に。話が脱線したようですので、本題にもどっていただけますでしょうか」

「もちろんです。討論の趣旨はだれが院長にふさわしいかということですね」

　例によって徳富が素早く応じる。「それは俄《にわか》には決められないでしょうが、逆にだれが不適格かはすぐわかります。先日、百目鬼先生がずいぶんご機嫌斜めだったので、どうされたんですかと聞くと、奥さんにゴミ出しを頼まれて、運ぶときに袋が破れて、『バカじゃないの』と言われて怒ったそうです。そんなくだらないことで腹を立てるような人物が、院長にふさわしいでしょうか」

「な、な、何を言うか」

　百目鬼が言葉に詰まると、大小路が鼻の下を伸ばしながら言った。

「百目鬼さんの奥さんは元ミス世田谷らしいが、今はデヴィ夫人に似てるんだ。でも美容整形に失敗して、目つきが悪魔みたいになったから、陰ではデヴィル夫人と呼ばれてる」

「あんたの妻だって、スリーサイズがオール一〇〇センチのデブ夫人じゃないか」

　百目鬼が言い返すと、鴨下が笑いながら言う。

「徳富先生だって奥さんに頭が上がらないそうですね。伊勢丹のバーゲンで商品包みを、山ほど持たされているところを医局員に見られてますよ」

徳富は赤い顔になり、憎々しげに言葉を返す。

「君だって、奥さんに網タイツをはかせたり、スチュワーデスの制服を着せたりして、コスプレをしてるそうじゃないか。この変態」

「徳富先生だって、製薬会社のＭＲ（医薬情報担当者）に、目黒のＳＭクラブに連れて行ってくれと頼んだと聞いてますよ」

鴨下が反論すると、百目鬼がさっきの返礼とばかりに大小路を指さした。

「そういう話題なら、大小路さんにはかないませんよ。ＳＭどころか、スカトロ、足フェチ、人妻、熟女、ロリコン、何でもござれだという話ですからね」

「あんただって、赤ちゃんプレイの店に行って、すごくよかったと言ってたじゃないか」

「みなさん、ちょっとお静かに」

夢野が慌てて止め、四人に注意を促す。

「討論の本題にもどってください。日本の医療崩壊について、我々はどのように対処すればいいのか」

そこまで言ったとき、舞台の袖から事務部長が小走りに近づいてきて、青い顔で夢野に耳打ちをした。話を聞き終えた夢野が、深刻な表情で会場に告げた。

「緊急事態が発生しました。ただ今、当院で重大な医療事故があったのではないかと、マスコミからの問い合わせが殺到しているようです」

7

四人の副院長たちが壇上で眉をひそめているのが、アスカからも見て取れた。会場がざわめきかけたとき、夢野が状況を説明した。

「今年二月から五月にかけて、当院で治療を受けた患者さんが二人、B型肝炎による肝不全で亡くなり、院内感染の疑いで調査を進めておりましたところ、本日早朝、三人目が同じく肝不全で亡くなったもようです。この患者さんは当院の治療に不信感を抱いていて、ご遺族が複数のマスコミに真相の究明を依頼したもようです。それで現在、マスコミ各社から緊急の記者会見の要請が来ております」

「そんなバカな」と、徳富がテーブルを叩く。

「マスコミ風情が何をぬかすか。フン」と、大小路は鼻を鳴らす。

「急にそんなことを言ってきても無理でしょう」と、鴨下も首を振り、百目鬼は「そもそも、マスコミに真相究明などできるわけがない」と、下唇を突き出した。

「もちろんそうなんですが」と夢野が続ける。「当院といたしましては、過去二人の死亡を調査していた事実がありますので、今夕、記者会見に応じざるを得ない状況になっております。本来であれば、院長に出ていただくところでありますが、空席の現在、四人の副院長のうち、どなたかに出ていただくことになると思いますが」

「ウッ」

「ゲッ」

「ググ」

「ウエッ」

四人の副院長が呻《うめ》きとも喘ぎともつかない声を洩らした。

「その亡くなった患者はどの科に入院してたんです」

徳富が聞くと、夢野が答えた。

「三人とも消化器内科ですが、一人は眼科で白内障の手術を受けたあと、消化器内科に移った患者さんです」

四人が壇上で互いに顔を見合わせている。さっきの方針演説で、全責任を一身に負うだの、非難の矢面に立つだの、偉そうなことを言っていたのはどこのだれかと、アスカは四人をにらみつけた。会場にもだれがどう事態を収拾するのかという空気が広がった。

そのとき、鴨下が思い切りよく右手を挙げた。

「記者会見には僕が出ますよ。マスコミの連中に何を言われるかわかりませんが、ここは僕が受けて立つしかないでしょう」

さすがは若手の改革派だと、アスカは感心した。イザとなればきっちり責任ある行動に出る。

思う間もなく、徳富が鴨下を制するように言った。

「いや。これは内科病棟で発生した事例ですから、内科グループを代表して、この徳富が出るべきでしょう。循環器内科教授の私が出れば、記者連中だってそう失礼な質問はできないはずだ。夢野先生もそう思われませんか」

夢野が答える前に、大小路が腕を伸ばして発言を遮った。

「いやいや。この患者は消化器系の病気で入院していたのでしょう。肝不全も消化器系の病気ですから、ここは消化器を専門とする私が出るのが妥当でしょう。外科学界の大御所たる私が出るほうが、マスコミにも抑えが利くというものだ」

すると間髪《かんはつ》を容れずに、百目鬼が両手を広げて身を乗り出した。

「いやいやいや。今の夢野先生の説明によると、患者の一人は眼科で白内障の手術を受けていたそうじゃありませんか。あってはならないことだが、ウイルスの感染源がもっとも疑われるのは、その患者でしょう。であるなら、記者会見には私が出るべきだ。ここは副院長の最年長たるこの百目鬼にお任せ願いたい」

どうなっているのかと、アスカは首を傾げた。三人も患者が亡くなっているのだから、これは当然、謝罪会見になるはずだ。さっき控室であんなに頭を下げることを忌み嫌っていた四人が、その役目を奪い合っている。

「先生方、後追いはずるいですよ。ここは言い出しっぺの僕に出させてください」

「いや。内科のことは内科で処理する。全責任は私が一身に負う」

「いやいや。ここは私が矢面に立とう。記者諸君も消化器系の専門家である私を待っているはずだ」

「いやいやいや。この会見は最年長で病院への経済的貢献度もトップの私の役目だろう。どうか私に任せてもらいたい」

四人とも一歩も譲らない構えだ。夢野が困惑気味に言った。

「困りましたな。記者会見には、消化器内科教授の伊調勘蔵《いちようかんぞう》先生と、事務部長が同席してくれますから、どなたかお一人でけっこうなのですが」

「だから僕が」「いや私が」「私を」「私に」

ふたたび言い合いになりかけたとき、夢野が時計に目をやって言った。

「もう予定の四時を過ぎておりますね。会場のみなさまはお仕事もあるでしょうから、ここでひとまず院内討論会は終了とさせていただきます。記者会見については、控室で話し合っていただくことにいたしましょう」

中途半端な閉会となったが、四人の候補者たちは互いに牽制し合いながら、舞台の袖に引き揚げた。

8

アスカと保利も控室に向かった。

夢野と四人の副院長たちは、すでに元の席に座っていた。全員、押し黙ったまま、異様な雰囲気が漂っている。

「さて、記者会見にはどなたに出ていただくのがよろしいでしょうか」

夢野が問うと、四人のこめかみが一瞬、引きつるのが見えた。徳富が例のチェシャ猫笑いを浮かべ、猫なで声で言う。

「ここはやはり、最初に手を挙げた鴨下君に出ていただきましょうかね」

えっと、アスカは声を出しそうになった。たった今、鴨下を押しのけるようにして全責任は自分が負うと言ったのはどこのだれか。驚きの目を向けると、徳富は平然と弁解した。

「先ほどはちょっと興奮して、内科のことは内科がなどと口走りましたが、ここは病院の改革には瞬発力が必要だと言った鴨下君の若さに期待しようじゃありませんか」

大小路と百目鬼がうなずきかけると、鴨下が両手を激しく振った。

「ちょっと待ってください。僕もさっきは後先を顧みずに名乗りを上げてしまいましたが、よく考えたら、記者会見のような場は僕みたいな若造には荷が重すぎますよ。ここはやはり年の功で、最年長の百目鬼先生に出ていただきましょう。そのほうがぜったいいいです」

「なるほど」と徳富が言い、「それもありだな」と大小路がうなずく。

急にお鉢がまわってきた百目鬼は文字通り目を剝き、大きくかぶりを振った。

「いやいやいや。私はしがない眼科医ですから、目のことしかわからないんです。ここは専門知識のある大小路先生に出ていただくのがよいと考えますが」

百目鬼先生よ、あんたもかと、アスカは情けない気持で銀髪のモンキー顔を見た。

「たしかに、記者連中の厳しい質問に答えられるのは大小路先生でしょうな」と徳富。

「僕も骨と筋肉と関節のことしかわかりませんからね」と鴨下。

「いや、記者連中が知りたがるのは、感染経路じゃないですか。となれば、病院全体の問題ですからな。ここはやはり人体の最重要臓器である心臓を扱う徳富先生に、ご出馬願うのが妥当でしょう」

予測されたことではあるが、大小路も斜視気味の目をうごめかせて逃げを打った。

指名を受けた徳富は、チェシャ猫笑いを消して言い返した。

「大小路先生は先ほど、外科の大御所が出たほうがマスコミにも抑えが利くとおっしゃってたじゃないですか」

「徳富先生だって、自分が出れば記者連中もそう失礼な質問はできないはずだと言ったじゃないか。それに百目鬼先生も、ウイルスの感染源は眼科の患者であるかもしれないと言ったでしょう。それなら責任を取るべきだ」

「あれはあくまで疑いであって、何の証拠もない話だ。それより、ここはやはり言い出しっぺの鴨下君が出るべきじゃないか。彼の若さがあれば、記者連中から少々厳しい追及を受けたとしても乗り切れるだろう」

「冗談じゃないですよ。なんで何の関わりもない僕が記者連中の追及を受けなきゃいけないんです。いいですか。さっきも言った通り、僕は自分が悪くても謝罪したくない人間ですよ。他人の失態で頭を下げたりするはずないじゃないですか」

うわ、言い切ったと、アスカは口を半開きにした。保利も同じ口になっている。

徳富がふたたびチェシャ猫笑いにもどって言った。

「もしかして、君がさっき名乗りを上げたのは、討論会の聴衆を意識したパフォーマンスだったんじゃないか」

「何言ってるんですか。当然じゃないですか」

さらに言い切りよったと、アスカは口を全開にした。鴨下は構わず続ける。

「徳富先生だってほかのお二人だって同じでしょう。だから、僕のすぐあとに手を挙げたんじゃないですか」

徳富は薄い口髭を撫で、大小路はどこを見ているかわかりにくい目線を宙にさまよわせ、百目鬼は三猿の見ざるのように両目を手で覆っている。

そうだったのか。言うことがコロコロ変わると思ったが、結局は選挙目当てのスタンドプレーだったのだ。いったい彼らの辞書には節操という言葉はないのだろうか。

事務部の職員が入ってきて夢野に耳打ちをした。聞き終えた夢野が困惑しながら言う。

「みなさん。会見は五時開始です。そろそろどなたが出ていただくのか決めませんと、記者たちが詰めかけているようです」

「困りましたな」

徳富が言うと、大小路が一挙に多数派工作に出た。

「私は言うに及ばず、整形外科の鴨下先生も、眼科の百目鬼先生も、三人とも外科系に分類される科ですな。院内感染も肝不全も内科系の疾患です。患者も全員、内科病棟から出たという。それなら、先ほど徳富先生ご自身がおっしゃった通り、内科のことは内科で処理していただこうじゃありませんか」

「賛成」

「異議なし」

鴨下と百目鬼が賛同する。夢野もカワハギのような幅の狭い顔を徳富に向けている。追い詰められた徳富は、何とか逃れる術《すべ》はないかとしきりに薄い口髭を触っている。

夢野が穏やかに説得した。

「徳富先生。今日、記者会見に出られたら、先生が次期院長の最有力候補であることが、院内のみなさんにも印象づけられるんじゃないですか」

「むうっ」と、徳富が唸る。ほかの三人は複雑な表情だ。夢野の言葉に未練が湧いたのだろう。それでも気持を変えるつもりはないようだ。

「お願いしますよ、徳富先生。もう時間がありませんから」

夢野が両手を合わせる。

「しかしなぁ、あのバカ記者どもにエラそうに言われて、頭を下げるのはどうもな」

まだ決断できないのか。往生際が悪いと、アスカは怒鳴りつけてやりたくなった。

「わかりました、と言いたいところですが、ひとつ確認させてください。あの自大新聞の菅山は来てますか」

夢野に報告に来た事務職員が答えた。

「来てます。立ち上がって指を突きつける練習をしてました」

徳富は顔を歪める。

「じゃあ、平政新聞の豊川は？」

「最前列で横柄に脚を組んでます」

徳富がさらに顔を引きつらせる。

「まさか、日報ガゼットの一文字も？」

「はい。蛇みたいな執念深い目で、酒臭い息を吐いてました」

「もー、最悪じゃないか」

徳富は絶望したように髪を掻きむしる。ほかの三人も恐怖と嫌悪でゲロを吐きそうになっている。

「そこを何とか」

夢野が懇願しかけると、徳富はいきなり立ち上がって宣言した。

「夢野先生。申し訳ないけれど無理。私はこれで帰らせていただきます」

言うが早いか、控室から出て行った。

「あっ、敵前逃亡だ」

鴨下がわめく。

「軍隊なら銃殺刑だ」と大小路。

「恥を知れ、この卑怯者」と百目鬼。

「それじゃ、仕方がない。鴨下先生にお願いできますか」

夢野が顔を向けると、鴨下は「ええっ」とのけぞり、「しまった」と大声で叫んだ。

「どうしました」

「申し訳ない。僕は五時から大事な予定があったんだ。わっ、もうこんな時間だ。失礼します」

鴨下は徳富以上の素早さで、控室から出て行った。

「それでは、大小路先生」

「わわわっ、私もだだ大事な約束があった。失礼、ご免」

大小路も脱兎《だっと》のごとく逃げ出す。

「それじゃ……」

言いかけると同時に、百目鬼も席を立つ。

「私もだ。私も大事な用事の予定のスケジュールの約束が、五時から、私も五時から大事な大事な、約束の予定のスケジュールが五時から、あわわ」

百目鬼はわけのわからないことを口走りながら、六十一歳とも思えない素早さであたふたと出て行った。

夢野が大きなため息をつく。

「記者たちはもう九階の会議室に集まっております。どうされますか」

事務職員がうろたえた声を出すと、夢野は覚悟を決めるように言った。

「仕方がない。記者会見には私が出ましょう」

9

アスカと保利は遠慮して、そこで夢野と別れた。

夜のニュースで謝罪会見が放送されるかと思ったが、どの局も流さなかった。

翌日の新聞を見ると、何紙かが社会面で報じていたが、扱いは小さく、写真のない新聞もあった。

保利からアスカに電話がかかってきた。

「新聞の記事、見たか。大したことなかったな」

「感染経路も不明で、まだ因果関係も確定していないみたいですからね」

「四人の副院長たちも必死に逃げまわるほどでもなかったな。あんな謝罪会見はみんな見飽きてるし、だれも気にしないさ。見て喜ぶのは敵対してる人間くらいだろう」

「案外、それが多かったりして」

アスカが言うと、保利はさもありなんというふうに笑った。アスカが続ける。

「それにしても、どの副院長も、控室と討論会で言ってることがまるっきりちがうのにはびっくりでしたね。あそこまで無節操になれるもんでしょうか」

「彼らは子どものころから叱られることも少なく、チヤホヤされて育ったから、ああなってしまったんだろう。社会に出ても、人に頭を下げるなんて経験はほぼゼロにちがいない。だから、形だけ頭を下げるなんて芸当もできないんだ。ふつうの仕事をしてたら、自分が悪くなくても謝るなんてざらだし、土下座ですむなら喜んでってこともあるよな」

保利が自嘲気味に言う。

「彼らはよっぽどプライドが高いんですね」

「しかし、そのせいでよけいに苦しむってこともあるんじゃないか。俺たちなら平気なことでも、いちいち腹を立てたり、苛ついたり、傷ついたりして」

「たしかに。そう考えると、ちょっと気の毒ですね」

優秀で地位の高いところにいる人たちはたいへんだ。改めてそう思いながら、アスカは背筋に寒いものを感じた。

そういう人々がトップにいる現実は、医療界だけではないだろう。

第6章　コメディカル

1

「どうした。浮かない顔をして」

書籍出版局部長の保利博が、アスカを斜めに見上げて言った。

「『医療崩壊の救世主たち』の取材が、思うように進まなくて」

「そりゃそうだろう。天大病院の教授連があの調子じゃあな。そんなとこに突っ立ってないで、まあ座れ」

保利はデスクの横の椅子を引いて指さした。アスカはバッグから取材ノートを出して広げる。

「医療崩壊の実態については、いろいろネタが集まってるんです。地方の医師不足、公立病院の赤字経営、若手専門医の海外流出など。でも、肝心の医師たちの取り組みがまったく見えてこなくて。天大病院に焦点を当てたのが失敗だったんでしょうか」

「彼らは今度の院長選挙で頭がいっぱいなんだろう」

アスカがため息をつく。保利はアスカのようすをうかがいながら言った。

「どうだ、いっそのことテーマをズバリ天大病院の院長選挙にシフトしてみたら」

「暴露本になりませんか。わたしはまじめな本を書きたいんです」

「書きようによってはまじめな本になるさ。天大病院の教授たちは、世間じゃあおエライ先生で通ってるが、実態はなかなか見えない。彼らのリアルな人間性を描くことは、世間の側にも参考になるんじゃないか。院長選挙は一大イベントだから、駆け引きや根まわしに必死で、意外な素顔が見えるだろ」

「たしかに」

「それに宇津々院長の亡くなり方にも疑惑があるんだろう。警察も動いてるって話だし、取材を続けてたら何かわかるかもしれんぞ」

「四人の副院長の言動にも不審な点がありますからね。それにこの前ゴルフに行ったとき、麻酔科の夢野先生が、人間の死に方には病死、自殺、事故死、殺人の四つがあるけれど、宇津々院長の死はどれにも当てはまらないようだとおっしゃってましたし」

「取材で手がかりが見つかれば、ミステリー的な要素も加わるじゃないか」

「はあ……」

アスカは今ひとつ乗り気になれなかったが、保利はさらに話を進める。

「せっかく教授たちの生の姿を垣間見たんだから、興味深いルポが書けるだろう。周辺を攻めても面白いんじゃないか。看護師とか薬剤師とか、いわゆるコメディカルに取材してさ」

「院長選挙ではたしか、看護部と事務部、薬剤部、技師部の管理職にも投票権がありました」

「医者連中はコメディカルを軽視して、思いがけないところを見せているかもしれん。看護師なんか医者の実態を怖いほど観察してるそうだからな」

「じゃあ、取材を申し込んでみます」

2

アスカは医学部長の夢野を通して、コメディカルの管理職に取材を申し込んだ。最初にアポが取れたのは、看護部長と事務部長だった。

看護部長室は本館九階のフロアにある。アスカは保利とともに、約束の時間ちょうどにその部屋を訪ねた。

「天大病院看護部長の蓬萊玉代《ほうらいたまよ》です」

大きなデスクの向こうで、貫禄たっぷりの蓬萊が二人を迎え入れた。ＸＬサイズの白衣にも入りきれないほどの体形で、短めの髪にきついパーマを当てている。

後ろにもう一人、縁なし眼鏡をかけたやせた女性が立っていた。

「看護部副部長の内川京美《うちかわきょうみ》です。補佐として同席してもらいます」

蓬萊が紹介すると、内川は素早く一礼した。神経質そうなキツネ目で、忠実な副官という感じだ。

アスカと保利は椅子を勧められ、蓬萊とともに座った。

「今日は看護師さんから見た医師の素顔というテーマでうかがいたいんですが、現場で身近にいらっしゃる先生方は、どんな存在なのでしょうか」

一般論から入ると、蓬萊はできの悪い親戚のことを聞かれたような苦笑を浮かべた。

「立派な人もいなくはないけど、大半は人間的に未熟だわね。医師になろうなんて人間は、子どものころからガリ勉で、成績さえよければ親や教師にチヤホヤされて育ってるからね。ちょっと貶《けな》されたり批判されたりすると、すぐムキになって怒るのよ。医学生のときから、無意識に特権階級意識を持っていて、患者さんを診察するのでも、症状や検査値ばかりに目が行って、生身の人間を見る気持を忘れてる」

「教育環境のせいで、人間的に成長できないということでしょうか」

「特に今はそうね。子どもを医学部に入れたがる親は、塾だ、家庭教師だと無理に勉強を押しつける代わりに、過剰にほめて機嫌を取るわけ。その環境になじむと、友だちとの葛藤もないし、団体生活の煩わしさも免れる。失恋で傷つくこともなければ、チームプレーの達成感も知らない。そんな学生が医学部という均一な環境に入ると、もうそれが自分たちの世界だと思ってしまうのよ。そこに患者側の視点はゼロね」

保利がとなりで「うーむ」と唸る。

「そんな人間ばかりが医師になると思うと、なんだか恐ろしいですね」

「医師は社会に出てからも、成熟の機会を奪われてる。駆け出しのときから、先生って呼ばれて、実力もないくせに思い上がり、患者や看護師に対しても驚くほど上から目線で接してくる。技師や事務職員も下手に出るから、自分はエライと勘ちがいして、目上に対する礼儀も知らない。まわりにはゴマをする者もいるし、製薬会社や医療機器メーカーの営業もすり寄ってきて、若いうちから贅沢と堕落を覚えさせられる。唯一、頭が上がらないのは、上司だけれど、彼らが指導するのは医療についてだけで、世間の常識までは教えてくれない。元々、上司も常識がないしね。だから、未熟で礼儀知らずな医師が再生産されるわけよ」

「よくわかります」

「ふつうの社会人なら、客に無理難題を言われても文句を言えないし、取引先と交渉したり、部下のミスをカバーしたり、自分が悪くなくても謝らなきゃいけないこともしょっちゅうでしょう。そういうことがいっさいない医師は、坊ちゃん育ちのままなのよ。我が儘で、傲慢で、世間知らずの自己チュー人間というわけよ」

蓬萊の悪口はとどまるところを知らなかった。アスカは同情を装って話を合わせる。

「そんな医師といっしょにお仕事される看護師さんは、さぞたいへんでしょうね」

「そりゃあもう、ねえ」

蓬萊は後ろの内川に同意を求める。内川が直立のまま答えた。

「蓬萊部長もわたくしも、ここでは語り尽くせないほどの苦労をしております」

「とはいえ、今回の院長選挙に立候補されている四人の先生方は、副院長ですから、さすがに人間的にも立派な方々なんでしょう」

アスカがわざととぼけると、蓬萊は小さな目を見開き、短い笑いを響かせた。

「ハハッ。わたしは百目鬼先生が研修医のときからこの病院に勤めてるのよ。もちろん大小路先生や徳富先生の研修医時代も知ってます。鴨下先生のときは、わたしは整形外科病棟の婦長をしてましたからね。みんなわたしには頭が上がらないのよ。若いころの失敗や未熟さを全部知ってるから」

「たとえば？」と聞きたいところだが、警戒されるといけないので、アスカは逆バイアスをかけて首を振った。

「そんな、信じられません。みなさん、とても立派そうに見えるのに」

「あなた、これまであの四人に取材してきたんでしょ。いったいどこを見てたの。ノンフィクションライターの取材力ってその程度なの」

「でも、徳富先生は研究の実績もすばらしいですし」

困惑顔で眉を寄せると、蓬萊は焦れったそうに語りだした。

3

「徳富先生はたしかに研究面ではいい仕事をしてるわ。でもね、彼こそ幼児性格の典型なのよ。循環器内科が医療界のトップだと言いたくて仕方がなくて、いっつも心臓を賛美してるでしょ。医学生のころから小ずるくて、カンニングはするわ、代返は頼むわ、レポートは複数の友だちのを写して、自分がいちばんいい点数を取ったりしてたの。研究医になってからも、論文のねつ造や剽窃《ひょうせつ》の噂は絶えないし、教授選でも前任の教授に推薦してもらうために、足の裏でも舐《な》めかねない卑屈さで、揉み手はするわ土下座はするわ、みっともないったらなかった。そのくせ部下の医局員には威張りちらして、他科の教授は見下してる。彼のパワハラは有名で、気に入らない医局員にはイジメに近い無理難題を押しつけて、僻地の病院に追いやってしまうのよ。それにあの気味の悪いニタニタ笑い。目は笑ってないのに、口だけ横に広げて歯を剝き出して、何を考えてるのかわかりゃしない」

「たしかに、あの笑いはちょっと引きますね」

調子を合わせて、次の呼び水を差す。

「でも、消化器外科の大小路先生は、外科学界の大御所でいらっしゃるし、年齢的にも人格者でいらっしゃるんでしょう」

「とんでもない」

蓬萊はブルドッグのように頰を振る。「大小路先生ほど人格者という言葉から遠い人もいないわね。あの人は若いころから、大脳の九十五パーセントが女のことで占められてるって感じで、ヒラの医局員のときから、看護師に手を出すわ、看護助手は口説くわ、女性医師の尻は追いかけまわすわ、挙げ句の果てに女性患者の個室に忍び込んで、痴漢騒ぎまで引き起こしたのよ」

「わたしも先日、外科系医局の親睦旅行で襲われそうになりました」

「六十になっても、まだそんなことやってるんだから、どうしようもないわね」

「でも、大小路先生の手術の腕は抜群だと聞いていますが」

「手術の腕と人格は別よ。そこが医療のむずかしいところよね。手術のヘタな人格者と、手術のうまい色ボケだと、色ボケが教授になっちゃうのよ」

アスカは蓬萊がトーンダウンしないうちに、次にターゲットを移した。

「若い鴨下先生はいかがです。あの先生は改革派の旗手と目されていますでしょう。小ずるくもないし、色ボケでもなさそうだし」

「彼はすぐキレるのよ。極細ヒューズの凶暴男。子どものころからケンカっ早いので有名だったそうよ。医局員にひどい罵声を浴びせるし、教授になってからも、口答えをした看護師の胸ぐらをつかんで問題になったことがあったわ。あとで被害者とわたしの前で土下座をしたから、看護部としても穏便にすませてやったけど」

鴨下ならあり得ると、アスカは納得する。が、もう一押ししてみる。

「でも、若い医師たちには人気があると聞いてますが」

「それは面白がってるだけよ。彼の発言は過激だから、現状に不満な連中が無責任にもてはやすのよ。もし彼が次の院長になんかなったらたいへんよ。どっかの大統領みたいに強権発動して、病院のシステムをメチャクチャにしてしまうわ。彼は優秀な先輩や同期の医師を次々と医局から追い出して、教授の地位を手に入れたのよ。奥さんはたしか前の天都大総長の娘で、若くして副院長になれたのも、義父の威光を利用したからよ。医局ではこう言って憚《はばか》らないそうよ。人間には身内か、敵か、奴隷しかいないと」

「友だちや仲間はいないということですね。淋しくないんでしょうか」

「淋しいなんて言葉は、彼の辞書にはないのよ。お山の大将に必要なのは、役に立つ手下だけ」

「なるほど。四人のうち三人までがそんなだったら、もしかして、眼科の百目鬼先生も困った人なんでしょうか」

話を振ると、蓬萊は待ってましたとばかりに言い募った。

「百目鬼先生は、四人の中でも最悪の困った人よ。コンプレックスの塊で、二言目には眼底の血管を診れば全身の動脈硬化がわかるとか言って、眼科を権威づけようとするでしょ。最近はiPS細胞を使った網膜の再生医療が注目を浴びてるから、自分もその話題に食い込もうと必死よ。もともとあれは関西が主流で、関東は後手にまわってるけど、それが我慢ならないのよね。天都大の研究医が関西の田舎者に負けるなんて許せないってわけ」

「いつも勝ってなきゃいけないなんて、逆に不幸ですね」

「それは天都大の宿命かもね。百目鬼先生の問題はそれだけじゃないのよ。守銭奴体質、聞いてるでしょ」

たしかに耳にタコができるほど聞いている。アスカは蓬萊に調子を合わせて訊ねた。

「大脳の九十五パーセントがお金のことで占められてるって感じですか」

「二万パーセントかもね。とにかく何でも安く買うのが生き甲斐で、製薬会社や医療機器メーカーの営業に、無理な値引きを迫って業者を泣かすのよ。医療用品だけでなくて、服でもネクタイでもすぐ値段を言いたがるの。それで安く買ったことを自慢するのよ」

「取材させていただいたとき、わたしもバッグの値段を聞かれました」

「でしょ。とにかく値段のことしか考えてない。レストランに行っても、この味でこの値段はどうとか、大きな声で言うの。恥ずかしいったらありゃしない」

「同席されてたんですか」

「眼科の看護師長から聞いたのよ。看護師はネットワークが緊密だから、医師の失態や狡《ずる》さやセコさはすぐに情報として共有されるの」

保利がゴクリと生唾を飲むのが聞こえた。半ば医師に同情しているようすだ。

「百目鬼先生は医局員たちにも稼げ、儲けろと、強欲な中小企業の社長みたいにハッパをかけてるのよ。いつも日経平均株価と円相場をチェックして、外貨預金や株式投資も大好きで、眼科の教授室には銀行員や証券会社の営業がしょっちゅう出入りしてる。廊下を歩きながら計算機を叩いてるし、歩きスマホで株の売り買いをしてたりするし、いやしくも天大病院の副院長が、やめてほしいって感じよ」

蓬萊は四人をさんざんこき下ろし、自分でも空しくなったのか、大きなため息をついた。

アスカも保利と顔を見合わせる。

「そういうお話をうかがったあとで、ひじょうにお聞きしにくいんですが、次の院長にはどなたが望ましいとお考えですか」

遠慮がちに問うと、蓬萊はまた内川のほうを見やり、苛立った指先でデスクを叩いた。

4

「だれがなったって同じよ。ロクな院長にはならないから、看護部がしっかり手綱を引かなきゃだめね」

「投票権があるのは？」

「看護部の幹部と、病棟と外来の看護師長、合わせて五十二人」

「一大勢力ですね。どなたが望ましいか、消去法でおっしゃっていただいてもけっこうですが」

アスカが重ねて聞く。

「そうね。消去法で言うなら、大小路先生と鴨下先生はよくないわ」

内川が後ろで「御意」とばかりに頭を下げる。

「どうしてですか」

「それは内川副部長に聞いてみて」

蓬萊は悪口に倦《う》んだらしく、大きな腹部をせり出して横を向く。内川は直立のまま、軽く眼鏡を持ち上げた。

「わたくしは副部長ですが、中央手術部の看護師長も兼務しております。消化器外科と整形外科は手術時間をよく延長されるのです。そうしますと、日勤の看護師が定時に帰れず、超過勤務になってしまいます。たいへん困ることなのですが、このお二人が院長になられたら、それがますますひどくなりますので」

話が見えない。

「超過勤務になっても、仕方ないんじゃないですか。手術を途中でやめるわけにはいかないのですから」

アスカは内川に訊ねた。手術より看護師の勤務時間を優先しているように思われたからだ。だが、蓬萊はアスカの無理解をなじるように首を振り、言ってやったらという具合に顎で内川を促した。

「ではご説明いたします。以前は手術開始後に思いがけない状況が判明し、延長になることもありました。でも、今はCTスキャンやMRIの精度が上がっていますから、術前にすべての状況はクリアで、手術は予定時間内に終わるのがふつうなのです。手術時間が延びるのは、たいてい執刀医がよけいなところで出血させたり、切ってはいけない神経を切ったりして、修復に時間がかかるからです。外科医も人間ですから、ベテランでもミスをします。家で奥さまとケンカしたり、前の晩に飲みすぎて二日酔いだったり、深刻な心配事で心ここにあらずということもあります。そういう理由で延長を許せば、患者さんのためにもなりません。ですから、看護師が手術の延長を拒否することで、外科の先生方に一定の緊張を課しているのです」

内川は説明を終えたあと、一礼して直立姿勢にもどった。

外科医はそんなにヘタな手術をするのか。アスカはあきれると同時に恐ろしくなった。しかし、すべての外科医がはじめから手術がうまいわけではないし、経験を積んでもヘタな外科医もいるだろう。もし自分が手術を受けるなら、せめて外科医には夫婦ゲンカや二日酔いだけは避けてほしいと、アスカは思った。

しかし、保利は内川の説明には納得がいかなかったようだ。出版社の管理職として、世間を代表するように言った。

「おっしゃることはわかりますが、それでも外科医が看護師さんの勤務時間に気を遣って、手術を時間内に終わらせようとするのはおかしいのじゃありませんか。患者の側からすれば、看護師さんの役目は医師をサポートすることでしょう」

蓬萊が露骨に不愉快そうなため息をついた。

「あなたは何もわかっていないわね。まさか、看護師を白衣の天使だとか思ってるんじゃないでしょうね。我々は労働者よ。過剰な優しさとか、思いやりとか求められても応じられません。求めるほうは自分だけと思ってるでしょうが、求められるほうはすべての患者に求められるんですから。それに、医師のサポートに徹して言いなりなんかになっていたら、彼らはとんでもない治療をやりかねないのよ。自分がやりたいだけの検査、人体実験みたいな手術、実績作り、好奇心、自信過剰。イチかバチかみたいな治療をやって、賭けに勝てば、賞賛と栄誉は自分のもの、負ければ死ぬのは患者なんだから。逆に、失敗を恐れてはじめから何もしない医師もいる。敗北主義、無気力、無責任な医師たち。経過観察とか称して、必要な治療も検査もしない。それも結局、患者が死ぬだけ。看護師が目付役にならないと、とんでもないことが起こるのよ」

保利が気まずそうにアスカを見る。腹腔鏡手術の連続失敗や、生体肝移植の高死亡率、根拠のないがんの放置療法など、世情を騒がしているニュースとぴたりと重なる。

二人が肩を落とすと、蓬萊はやや口調を和らげた。

「はじめにも言った通り、立派な先生ももちろんいます。でも、とんでもない医師も多いということ。だけど、そんな医師でもまともな治療をすることもある。人格が最低でも、むずかしい治療を成功させることもある。だからトンデモ医師でも、おいそれとやめさせるわけにいかないのよ」

「ジレンマです」

内川が蓬萊を慰労するように言葉を添える。

取材の終了時間が迫っていた。延長すると何と言われるかわからないので、アスカは取材を終える準備をしつつ、最後に訊ねた。

「宇津々先生が亡くなられて二カ月が過ぎましたが、詳しい状況はわかったのでしょうか。いろいろ噂も流れているようですが」

蓬萊はしゃべり疲れたのか、面倒そうに首を振りながら答えた。

「あれは自殺でしょう。救命救急部の看護師によれば、宇津々院長は何か思い悩んでいたようだから」

5

看護部長室をあとにして、事務部に向かう途中のエレベーターで、保利が額の汗を拭った。

「いやあ、予想以上の厳しさだったな。院長候補の四人をボロカスだったじゃないか」

「そうですね」

「しかし、看護師は労働者だなんて、言い切ってほしくなかったな。患者の立場になれば、やっぱり看護師さんには白衣の天使でいてほしいよ」

「蓬萊さんは千二百人いる天大病院の看護師のトップだから、甘いところを見せられないんですよ。現場にはきっと、患者思いの優しい看護師さんがいますって」

アスカが宥《なだ》めているうちに、エレベーターは一階に着いた。保利が時間を確かめる。事務部長の取材時間まであと五分。

「天大病院の事務部長って、どんな経歴の人物だ」

「ネットで調べたんですが、名前と年齢が五十六歳という以外、何もわかりませんでした。ガードの堅い人かもしれませんね」

事務部は病院本館とは別の管理棟にあり、院内からは連絡路を通って行く。ホールに入ると、まるで区役所のような感じで大勢の職員がパソコンに向き合っていた。案内されて事務部長室に入ると、ネズミ色の上着の下にラクダのチョッキを着た男性が作り笑いで出てきた。

「ようこそお出でくださいました。天大病院の事務部長をしております下辺保《しもべたもつ》と申します」

下ぶくれの顔に下がり眉、タワシのように硬そうな髪を短く刈っている。小さなお辞儀を繰り返しながら名刺を差し出すので、アスカたちも渡すと、一瞬、鋭い視線を走らせた。腰の低そうな人物に見えるが、どことなく油断ならない気もする。

「ささ、どうぞおかけになって」

応接用のソファに向き合って座ると、下辺は何でも聞いてくださいとばかりに、アスカと保利を交互に見た。

「事務部長さんは、今度の院長選挙でご準備がたいへんじゃないですか」

「いえいえ、それはもう当然のことですから」

「事務部の管理職の方も投票権があるんですよね」

「管理職というか、係長以上の三十五人が投票いたします。事務部は、総務課、経理課、医事課、企画課の四課に分かれておりまして、それぞれに課長と七、八人の係長がおりますので」

サービス精神満点の愛想よさで答えてくれるが、そこには協力姿勢と警戒態度の両方が見え隠れする。協力は少しでも天大病院のことをよく書いてもらいたいという下心、警戒は書かれてまずいことはいっさいしゃべらないという防衛心だろう。

アスカが取材の本題に入る。

「今日は医師以外の職種から見た医師の素顔をうかがいたいのですが、事務部長さんからご覧になって、天大病院の先生方はどのような存在ですか」

「それはもう立派な方ばかりですよ。いやしくも天大病院の医師ですからね。頭脳明晰にかけては、日本の最高水準であることはまちがいないでしょう」

「でも、性格的な面はいかがでしょうか。往々にしてエリートは人間的な問題を抱えていたりするんじゃないかと思うのですが」

「それは中途半端なエリートですよ。天都大の先生方は、〝超〟のつくエリートですから。頭脳が〝超〟明晰だと、人としてどうふるまうべきかの判断も速いのです。ですから他人に不愉快な印象を与えることはまずありません」

そうだろうか。これまで四人の副院長にあきれさせられてばかりだったアスカは、大いに疑問に思う。

「蓬萊看護部長さんにも取材させていただいたのですが、医師は子どものころから甘やかされているので、性格的に未熟な人が多いとお聞きしたんですが」

「蓬萊さんならそう言うでしょうね。彼女は看護師の代表として、先生方と対立する場面も多いですから。それに、看護師の中には独自の医療観を持っている〝意識高い系〟がいて、常に医師を批判的に見ていますし。それも仕事熱心ゆえのことですが」

下辺の説明は常に体裁を考えているようだった。こういう相手にはずばり本質を突くほうがいい。

「院長選挙の行方にも興味があるのですが、事務部長さんは四人の立候補者をどのようにご覧になっていますか」

「みなさん、いずれ劣らぬすばらしい先生方ばかりですよ。実力的にも、人格的にも、社会的にも、尊敬に値する方々です。何と申しましても、天大病院の副院長を務めてらっしゃる方ですから」

「たとえば、循環器内科の徳富先生はいかがですか」

「徳富先生は我が天大病院のエースです。ご研究の実績は世界的ですし、学界での影響力も抜群です。常に親しみあふれる笑みを浮かべておられますし」

あのチェシャ猫笑いをそうほめるかと、アスカはあきれる。

「消化器外科の大小路先生はどうでしょう」

「大小路先生は外科学界の大御所で、我が天大病院のヒーローです。日本では右に出る者のいないスーパー外科医でいらっしゃいますからね。外見的にも貫禄たっぷりのダンディで、女性の医師や看護師らに高い人気を誇っておられます」

大小路本人が聞いたらさぞご満悦だろうが、事実に反すること甚だしい。

「整形外科の鴨下先生はいかがですか」

「若手のホープですね。我が天大病院の希望の星です。病院改革の旗手でいらっしゃいますから、若い職員たちに絶大な支持があるのは当然でしょう。発想の豊かさ、弁舌のさわやかさ、判断力の速さも他の追随を許しません」

キレる速さも抜群とつけ加えれば、バランスの取れた評価になるが、事務部長には公平さなど念頭にないようだ。

「最後に、眼科の百目鬼先生はどうでしょう」

「百目鬼先生は我が天大病院の救世主です。病院にあれほどの経済的貢献をされている先生はほかにおられません。副院長としては珍しいほどの倹約精神もお持ちですし」

ただのケチだろうと思うが、アスカは笑顔でうなずく。

「それで、事務部長さんは、院長選挙ではどなたがもっとも優勢だと思われますか」

ストレートな質問に、下辺は瞬きを繰り返し、矛盾した指示をインプットされたアンドロイドのように身体を震わせ、ぎこちない笑いで答えた。

「それはもう、みなさんそれぞれ、同じように優勢でございますよ」

エース、ヒーロー、希望の星、救世主には、優劣をつけがたいようだった。

6

「失礼するよ」

ノックと同時に眼科の百目鬼が入ってきた。アスカと保利がいるにもかかわらず、百目鬼はずかずかと下辺の前に近づく。

「君は部下にいったいどんな教育をしとるんだ」

「はっ、申し訳ございません」

下辺は反射的に立ち上がり、内容も聞かずに頭を下げる。百目鬼は下辺に紙切れを突きつけ、怒りに声を震わせた。

「これは明らかに公用品だろ。マウスとキーボードが動かんのだよ。パソコンが使えないと、仕事にならんだろうが。それをごちゃごちゃ言いおって」

「あっ、電池の領収証でございますね。単3電池、十二本パック五百十五円。もちろん公用品でございます。すぐに精算させますので」

「君は現場がどれだけたいへんか、わかっているのか。我々を支えるのが事務方の仕事だろう」

「もちろんでございます。私どもが安心して働けますのも、百目鬼先生率いる眼科の経済的貢献があってのことでございます。そうですとも。百目鬼先生の領収証の精算は、何を置いても即決でさせていただくのが当然でございます」

「ほんとうにそう思っとるのかね」

「思っております」

「口先だけじゃないだろうね」

「口先だなんて。私は常に衷心《ちゅうしん》より発言しておりますよ。男に二言はございません。はい」

「わかった。じゃあ、よろしく頼む」

百目鬼はフンと鼻を鳴らし、ようやくアスカたちの存在に気づいたかのように、きまり悪そうな咳払いを残して出て行った。

「すみません。ちょっと緊急事態なので」と、下辺は机のインターカムで秘書に指示した。

「経理課長をすぐ呼んでくれ」

ノックの音がして、経理課長が入ってくる。顔を見るなり、下辺は百目鬼と同じ口調で怒鳴った。

「君は部下にいったいどんな教育をしとるんだ」

「はっ、申し訳ございません」

経理課長も、内容も聞かずに反射的に頭を下げる。

「君は事務部長の私がどれだけたいへんな思いをしているか、わかってるのか。事務部長を支えるのが課長の仕事だろう」

「もちろんでございます」

領収証を恭しく受け取った経理課長は、「あっ」と叫び、インターカムを押して財務係長を呼ぶよう秘書に頼んだ。

ノックが聞こえ、財務係長が入ってくる。課長が頭ごなしに怒鳴る。

「君は部下にいったいどんな教育をしとるんだ」

「はっ、申し訳ございません」

財務係長も反射的に頭を下げる。

「君は課長の私がどれだけたいへんな思いをしているか、わかってるのか。課長を支えるのが係長の仕事だろう」

「もちろんでございます」

領収証を丁重に受け取った係長は、「あっ」と叫んで、インターカムで財務係の職員を呼ぶように言った。

ほどなく財務係の職員が入ってくる。また同じことが繰り返されるのかと思いきや、今度は少々ちがった。

「君はいったい部下……はおらんのか。いったいどんな仕事をしとるんだ」

「何のことですか」

「これだよこれ」

財務係の若い職員は、突き出された領収証を見て、悪びれることなく説明した。

「これ、ひどいんですよ。百目鬼先生は二週間前にも単3電池の領収証を持ってきて、精算したんです。電池がそんなすぐ切れるはずがないでしょう。明らかに自宅用ですよ。あの先生はそういうのが多いんです。家族で食べたのが丸わかりの高級食材とか、私的な交通費の精算とか、個人のゴルフのプレー費を接待費で落とせとか」

百目鬼ならあり得ると思っていると、係長、課長、事務部長が口々に罵った。

「バカ！」「阿呆！」「うつけ者！」

事務部長がアスカたちの存在も忘れたように続ける。

「百目鬼先生の場合はすべて即精算でいいんだよ。書類上のことは何とでもなるだろ。あとでまずいことにならないように、うまく作文するのが事務方の仕事なんだ。覚えとけ」

課長と係長は当然のようにうなずく。財務係の職員は「はあ」と曖昧に応じながら、上司のあとから首を傾げて出て行った。

「いやはや、最近の若い職員には困りますよ。はははは」

事務部長が取り繕うと、ドアに強いノックが聞こえた。

7

「こんにちは」

入ってきたのは、整形外科教授の鴨下だった。アスカたちを見て、テレビタレントのような人なつこい笑顔を向ける。

「やっぱり取材にいらしてたんだ。いえね、今お二人が事務部長室にいらっしゃるという情報が入りましてね。百目鬼先生が抜け駆けでアピールして、院長選挙を優位に進めようとしてるんじゃないかと言う者がいて、ようすを見に来たんですよ」

事務部長が慌てて否定する。

「とんでもございませんよ。百目鬼先生はまったく別件でいらっしゃったので、このお二方には何もおっしゃらずにもどられました」

「そうなんですか。じゃあ、ついでに事務部長に申し上げますが、僕が院長になった暁には、この天大病院を大胆に改革して、時代を先取りする医療施設に成長させますので、どうぞ、ご協力のほどをよろしくお願いしますよ」

「承知しておりますとも。我々事務方が安心して仕事ができますのも、鴨下先生のような勢いのあるお方が病院を引っ張ってくださるからでございます。事務部といたしましても、ご期待に添えるよう十分な体制を整えてまいります」

百目鬼に言ったのとほぼ同じセリフで揉み手をする。

「ぜひいっしょに天大病院をさらに飛躍させましょう。吉沢さん、保利さん、ご支援のほどをよろしくお願いしますよ」

鴨下は政治家そこのけのさわやかさで手を握り、事務部長室を出て行った。

アスカと保利があきれながら視線を交わす。アスカたちが来ていることが、即座に鴨下に伝わっている。鴨下は百目鬼の医局にスパイを送り込んでいるのにちがいない。

思う間もなく、またノックが聞こえ、「御免」と入ってきたのは、消化器外科の大小路だった。彼のところにも情報が流れているのか。

「あっ、これは大小路先生」

下辺が飛び上がらんばかりに走り寄り、大小路を迎え入れる。彼は下辺を無視して部屋の中央に進み、今気づいたように白々しく言った。

「おや、ノンフィクションライターのアスカ君じゃないか。相変わらず美人だな。よかったら、このあとボクとお茶でもしないか」

「けっこうです」

勝手に下の名前で呼ぶなと内心で毒づきながら、アスカはそっぽを向く。

大小路が下辺に向き直って言う。

「下辺君。前から頼んでいる手術部の風呂を改造する件、どうなっとるんだね」

「それはもう、最重要案件として進めさせていただいております」

「頼むよ。長時間の手術をしたあとは、疲れがたまって風呂にでも入らないとやっとれんのだ。それも狭い風呂じゃだめだから」

「ごもっともでございます。手術はずっと立ちっぱなしですものね。座って仕事をさせていただいている我々には、想像もつかないことでございます」

「混浴の件も大丈夫だろうね。いやしくも外科医たるもの、男だ女だと隔てるのはおかしいんだ。女性差別は許されんだろう。どうしても女風呂がいるというのなら、ひとつだけ個室風呂を作ればいい。この前の外科系医局の親睦旅行で行ったホテルにあったんだ。竹垣なんぞしつらえてな、露天風呂風に風情のある風呂にすればいい」

またセクハラをするつもりだなと、アスカはきつい目で大小路をにらむ。下辺は絵に描いたようなえびす顔で大小路にすり寄る。

「消化器外科は我が天大病院の看板でございます。我々事務方が後顧の憂いなく仕事ができますのも、大小路先生のご活躍があってのことでございます。はい」

またも似たようなお世辞を言う。

「よろしく頼むよ」

大小路が去ったあと、ドアにせわしないノックが聞こえ、予想通り、徳富が入ってきた。

「やあやあ、下辺さん。いつもお世話になりますねぇ」

「徳富先生。お待ちしておりました」

はあ？　とアスカは首を傾げる。徳富は下辺に慇懃に話しかけた。

「先日は私の教授室を鏡張りにしていただいて、誠にありがとうございました。おかげで部屋に無限の広がりが感じられ、研究のアイデアも無限に広がるというものですよ。しかしね、上下にね、何だか圧迫感があるのですよ。壁だけでなく床と天井も鏡張りにしていただけたら、もう言うことはないんですがね。その代わり私が院長選に勝利したら、事務部の優遇はお約束しますよ」

「ありがとうございます。教授室の床と天井を鏡張りにする件、もう最重要案件として進めさせていただきます」

「下辺さんの最重要案件はたくさんありそうだからなぁ」

安請け合いを揶揄しつつ、例のチェシャ猫笑いを浮かべる。

「とんでもございません。徳富先生の案件は、常にホントのマジで正真正銘の最々々重要案件とさせていただいております。私ども事務部の人間が、安寧に働かせていただけるのも、徳富先生のようなすばらしい教授がいらっしゃるからだと、日々、心に銘じております。私だけでなく、事務員一同、毎朝、朝礼のときに、徳富先生、ありがとうございます！　と、全員が心に念じておる次第であります」

下辺は先の三人に言ったのとほぼ同じお世辞をさらに美辞麗句で飾り立て、満足顔の徳富を送り出した。

「いやいや、副院長の先生方はみなさん、事務部のことを心にかけてくださり、ありがたいかぎりです」

下辺は四人のだれが院長になってもいいように、全員に媚《こび》を売って平気な顔だった。アスカたちに悪びれたようすを見せないのは、もともと無節操を恥ずかしいと思っていないからだろう。

アスカは気を取り直して聞いた。

「最後にうかがいますが、事務部長さんは前の宇津々院長が亡くなられたときの状況を、どのようにお考えですか。いろいろ噂もあるとお聞きしていますが」

「噂？　どんなことが言われてるのです。いったいだれが言ってるんです」

事務部長がさっと顔を強ばらせる。スキャンダルを恐れているのは明らかだ。

「いえ、はっきりした死因が特定されていないというようなことだけで、具体的にどうこう聞いたわけではありません」

気圧《けお》されてアスカがテンションを下げると、下辺は防衛姿勢を丸出しにして、断定するように言った。

「宇津々院長は病死です。公式発表の通り、不整脈発作による突然死です。それ以外は考えられません。四人の副院長先生方の見解もそれで一致しているのですから」

8

その日は看護部長と事務部長の取材で終わった。日を置かずして、アスカと保利はふたたび天大病院を訪れた。薬剤部長と技師部長の話を聞くためである。

薬剤部は事務部と同じ管理棟の二階にあった。

薬剤部長の服佐《ふくさ》容太郎《ようたろう》は、来年、定年退職の予定というから年齢は六十四歳。ネットにいくつか画像が出ていたが、細面の白髪頭で、腫《は》れぼったい目に薄笑いを浮かべ、どこか浮世離れした雰囲気の人物だった。

事前に調べた情報では、薬剤部長に就任したのは四十二歳のときだから、ずいぶん若くして要職に就いたことになる。アスカはそのあたりから質問をはじめた。

「服佐さんはもう二十年以上、薬剤部長を務めていらっしゃるのですね。それはかなり早い段階で薬剤部のトップに上り詰めたということですね」

白衣姿の服佐は、応接用のソファでゆったりと脚を組み、薄笑いの濃度を心持ち強めて答えた。

「それはなりゆき上ですよ。私の前任と前々任が短期間で辞職しましたのでね。トコロテン式に上がったということです」

「どうして前のお二人は短期間でおやめになったんですか」

「前々任は怒ってやめ、前任は院長にクビにされました。前任がクビになった直接の理由は、院長の処方のまちがいを指摘したからです。抗アレルギー薬と睡眠薬をまちがえていたので注意したら、院長が激怒したんです」

まさかと思ったが、服佐は冗談を言っているようすもなかった。さらに続ける。

「前々任が怒ってやめた理由も、似たようなものです。薬をまちがえたりおかしな処方をしたりする医師があまりに多く、注意してもいっこうに改めないので頭に来たのです。まじめすぎたんですな」

いやいや、頭に来るのがふつうだろうと、アスカは密かにツッコむ。

「そんなに処方のまちがいが多いんですか」

「多いですよ。そもそも薬の名前がまぎらわしいんです。糖尿病薬のアマリールと、降圧剤のアルマール。糖尿病でない患者さんにアマリールを出して、低血糖で植物状態になったケースがあります。ステロイド剤のサクシゾンと、筋弛緩剤のサクシンをまちがえて、呼吸が止まった患者さんもいました。抗生物質のアモリンを出すべきところを、睡眠薬のアモバンを出して患者さんが眠りこけたり、ステロイド剤のプレドニンを処方しなければならないのに、下剤のプルゼニドを処方して、患者さんが毎日下痢したという例もあります。ほかにも、ジプレキサとシプロキサン、アレロックとアロテック、ノルバスクとノルバデックス、タキソールとタキソテールなど、名前はそっくりですが効果はまるでちがう薬もあります。これだけ似ていればまちがうなと言うほうが無理でしょう。薬名をまちがえるだけでなく、量のまちがい、服用法のまちがい、日数のまちがい、禁忌の組み合わせを出したり、注射薬に内服の指示を出したり、消化不良に胃液を抑える制酸剤を出したり、頭痛に腹痛薬を出したり、ヘルペスに水虫の軟膏を処方したりなんてのが、ザラにあります。処方箋が手書きのころは、指導医の下手な字を読みまちがえて、ラミシールをラシミール、ワーファリンをフーワァリン、アルメタをマルメタなんて書く医師もいたし、ビタミン剤のパントシンと、統合失調症薬のパソトミンを取りちがえて、大事《おおごと》になりかけた医師もおりましたよ。ふほほほ」

服佐は空気の抜けたような冷笑を洩らす。アスカは半分あきれ、半分は深刻に表情を曇らせる。

「たしかにまぎらわしい名前の薬が多いですね。製薬会社は薬の名前をつけるときに、配慮しないのですか」

「製薬会社は少しでも売れそうな名前をつけたがりますからね。いかにも効きそうな感じで、効果や効く病気に合うネーミングとなれば、似たようなものになりますよ。製薬会社は新薬の開発が完了する前に、売れそうな商品名を先に登録しているくらいです。早い者勝ちですから。その代わり、一字でもちがえば登録は可能です。近ごろはジェネリックが増えてますから、ますます現場は混乱しています」

「それにしても、まちがいを指摘されたせいで、薬剤部長をクビにしたという院長はひどいですね」

「医師にはそういう人は多いですよ。エライ人ほどその傾向は強まりますね。似非プライドの塊ですから」

「似非プライド？」

「ほんとうのプライドなら謙虚さを伴いますが、彼らのプライドは単なる自惚れですから」

「じゃあ、その院長以外の医師も、まちがいを指摘したら怒るんですか」

「怒ったり、不機嫌になったり、意味不明の弁解をしたり、いろいろですね。電話で問い合わせると、明らかにおかしな処方でも、『わかった上で出してるんだよ』とか、『それは僕のこだわりだからそのまま出して』とか、『新しい投薬法を試してるんだ』とか言って、まちがいを認めようとしません。中には『薬剤師ごときが医師の処方に口出しするんじゃない』なんて、差別意識丸出しで怒鳴る医師もいます。こちらは薬剤師だけど、向こうはヤクザ医師だと思ってあきらめてますが。へっへっへ」

小バカにしたように嗤う。アスカはとてもいっしょに嗤う気になれない。

「まちがった薬が出たら、危険じゃないですか」

「どうしてもおかしな薬とか、危ない薬が出た場合は、薬剤部でこっそり直します。こちらにも責任がありますからね」

「黙って直したら、医師はよけいに怒るんじゃないですか」

「薬はこちらが専門ですから、直した薬のほうがいいに決まっています。医師もある程度は知識がありますから、たいていは文句を言いません」

医師の知識は〝ある程度〟なのか。

「でも、中には怒る先生もいるんじゃないですか」

「いますね。そういう医師はブラックリストに載せて、薬剤部で回覧します。誤りを指摘するとキレる医師ですね。彼らには私が応対します。『申し訳ございません。先生の処方された薬が、今、ちょうど薬剤部で切れておりまして、似たようなお薬でしたらこれこれというのがありますので、どうかそれでご辛抱願えませんでしょうか』と、腰を低くして頼んですよ。すると、相手もまちがいに気づくことが多いから、『仕方ないな』と受け入れてくれます。ときには、何も気づかず、『在庫管理くらいしっかりしろ』と怒鳴るバカ医師もおりますが、私は常に『申し訳ございません』と頭を下げるのです。それで患者さんが助かるなら安いもんです」

「もしかして、服佐さんが長く薬剤部長を務めてこられたのは、そういう忍耐強い姿勢が功を奏してということですか」

　服佐は腫れぼったい目でうなずく。

「よくご辛抱が続きますね」

「まちがうのは医師ばかりではありませんからね。薬剤師もミスをします。薬の種類、分量、飲み方、日数、常用なのか頓服なのか、内服なのか外用なのか、点眼、点鼻、点耳、吸入、座薬、膣錠《ちつじょう》、薬袋《やくたい》の入れまちがい、薬剤情報の出しまちがい、入力ミスに処方箋の読みまちがい等々、すべて手作業で行うのですから、まちがいが起こるのは必然です。人間は神ではありませんからね。ある程度のベテランの薬剤師になれば、調剤ミスを一度もしたことのない者はいないんじゃないですか」

「なんだかミスの発生を容認されているように聞こえますが」

「容認はしていませんよ。ミスを減らすために、できるだけの努力はしています。まちがえやすい薬の一覧表を貼ったり、ヒヤリ・ハット事例を共有したり、定期的に研修会も開いています。調剤は三重の確認システムで行い、類似名称や危険薬は薬袋の色と大きさを変えていますし、薬品棚も色分けし、識別しやすいように色、印、線で区別し、あちこちにチェック欄も設けています。それでもミスを完全になくすことはできないのです」

「まちがいに気づいたら、どうするんですか」

「率直に謝罪します。場合によっては辞職も覚悟します。それくらいの緊張感をもってしても、ミスはゼロにはなりません。でも、医師のようにまちがえても謝らない、訂正しない、責任も負わないというよりは、はるかにゼロに近づくと思いますが」

アスカは横にいる保利を見た。保利は彼女の意を汲むようにして訊ねた。

「我々、患者側からすると、医師が出す薬には絶対的な信頼を置いているので、ミスはゼロにできないみたいにおっしゃられると、どうにも不安なんですが」

服佐は分厚いまぶたを細め、老婆のように笑った。

「ホッホッホッ。それは薬を重大に考えすぎているのですよ。患者さんは薬をまちがえるとたいへんだとか、副作用が怖いとか言いますが、たいていの薬はそれほど効果もないかわりに危険性もないのです。もちろん、危険な薬もありますよ。そういうものに対しては、医師も薬剤師も慎重になります。ミスが発生するのは、まちがえても支障の出ないものですので、どうぞご安心を」

今度は保利がアスカを見る。アスカが服佐にふたたび不安を訴えた。

「まちがえても支障のない薬があるのが驚きですが、その薬にミスを許してしまうと、危険な薬にもミスが発生しかねないのではないですか」

「だから、完璧にミスをなくせと言うのですか。それが一般の方のお気持でしょうな。世間は常に絶対安全を求めますから。でも、それはあり得ない理想です。医療にはもともと危険がつきものだし、薬だって効かないときにはまるで効かない一方で、まちがった薬なのに効くこともあるんですからね」

「プラセボ効果ですか」

プラセボ効果とは、心理的な影響で薬の効きが強まったりすることをいう。それにしても、服佐はなぜ医療や薬を貶めるようなことを言うのだろう。アスカの疑問を汲んだように、服佐が説明した。

「長年、薬剤師をやっていると、医療に科学的な側面などほとんどないことを認めざるを得なくなります。ただのビタミン剤でも、有名な教授が処方したら病気が治ったりしますからね。同じ薬でも人によって効き方がぜんぜんちがうし、患者さんの性格が影響しているのではと思えることもあります。ま、医師が出す薬の大半は、まじないみたいなものですがね。ははは……」

なんとも虚しい笑いだ。アスカは不安になって訊ねた。

「薬剤師はみなさん、そのように感じておられるのですか」

「そんなことはないと思いますよ。うちの部署でも、若い薬剤師は薬の力を信じていますし、ぜったいにミスは犯さないと心に決めておりますよ。一般の多くの病院の薬剤師は同じでしょう。私は不幸なことに、天大病院のようなところで仕事をしておりますからね」

日本のトップクラスの病院がなぜとアスカは首をひねったが、そろそろ本題に入らなければならない時間だった。

9

「今度の院長選挙ですが、立候補されている四人の副院長の先生方について、薬剤部からご覧になった印象をお聞かせいただきたいのですが」

服佐は眠たげな目を見開き、「くふふ」と短い苦笑を洩らした。

「循環器内科の徳富先生は、内科医だけに薬には重きを置いているようですね。でも、ご自分の専門分野以外の薬はまるでわかっていません。循環器内科は高齢の患者が多いので、いろんな合併症を持っていて、その薬を出すときにまちがえるんです。てんかんを合併している患者さんに、抗てんかん薬のリボトリールの代わりに、高脂血症薬のリピトールを出したりしてましたから」

「それは困るんじゃないですか」

「もちろん、こちらで処方を直しましたよ。消化器外科の大小路先生は、手術絶対主義者ですから、若いころから何でも切りたがりました。切った張ったが大好きで、薬なんかまどろこしいと思ってるんじゃないですかね。でも、薬剤部にはよくいらっしゃいます」

「どうしてですか」

「女性の薬剤師が多いからです。全員、相手にしませんが、どれだけ冷たくあしらわれても、嫌われている自覚を持たないのは見上げたものです」

妙なほめ方をする。

「媚薬を調合してくれとか、催淫剤をまわしてくれとか相談されたこともあります。クロロホルムより即効性のある麻酔薬はないかと、ハンカチを広げて来られたときは、さすがにそれはおやめになったほうがと諫めました」

あのエロトドはいったい何を考えているのか。

「整形外科の鴨下先生はいかがですか」

「彼はお坊ちゃんですからね。若いせいもありますが、思い上がりが強いでしょう。上昇志向も強いし、権力欲も強い」

「気さくなところもあるんじゃないですか」

「表面的には腰の低いところもあります。ですが、胸の内では常に他人を軽蔑していますね。本人のいないところでは年長者も呼び捨てにしますし、薬剤部のことも陰で〝薬屋〟と言ってるそうですから」

虚無的な服佐も、陰で軽んじられると腹が立つのだろう。

「眼科の百目鬼先生はどうでしょう」

「眼科は点眼薬が主で、治療に使う内服薬はほとんどありません。でも、合併症がありますから、眼科で薬が出ることもあります。そんなときにはよく薬剤部に問い合わせてこられます」

プライドの高い百目鬼にすれば意外な謙虚さだと、アスカは感心する。

「あやふやな知識で処方するより、きちんとたしかめて処方するほうが安全ですものね」

「いやいや、百目鬼先生が問い合わせるのは薬価差益です。どの薬がいちばん儲かるかと聞いてくるのです」

やっぱりか。あきれるアスカに服佐が続けた。

「百目鬼先生は眼科が弱小科であることに強いコンプレックスがありますから、たまに薬剤部に来られて、病院の収益を真剣に考えているのは眼科だけだとアピールされます。お金のことばかり口にするのは、みっともないと思うのですが」

「ですよね」

同意してから、アスカが聞く。

「院長選挙で投票権のある方は、薬剤部で何人ですか」

「課長級の上級薬剤師が三人、係長級の主任薬剤師が二十一人、私を含め計二十五人です」

「薬剤部としては、どなたが次の院長になるのが望ましいですか」

「だれがなっても同じでしょう。医師は大名や家老、我々は足軽みたいなものですから」

最後まで徹底したシニシズムだ。

「では、最後にうかがいます。先日、亡くなられた宇津々院長のことですが、死亡原因についてはどうお考えですか」

服佐は人を食ったような笑みを浮かべ、無責任な口調で答えた。

「公式発表は出てますが、私は疑問ですね。あれは病死ではなく、事故じゃないですか。宇津々先生は重症の不眠症で、強い睡眠薬を自分に処方していたんですよ。悩みごとがあったか何かで、薬をのみすぎたんでしょう。それでふらついて胸を強打して、不整脈発作をね。わかりませんが……」

10

管理棟から病院本館にもどってきたアスカと保利は、エレベーターで地下二階の技師部に向かった。客のいないエレベーターの中で保利がつぶやく。

「部長室が地下二階なんて、技師部は院内で冷遇されてるんじゃないか」

「地下二階にはほかにリネン室、ボイラー室、霊安室があるくらいですからね」

エレベーターを降りると、すぐ目の前が技師部長室だった。扉をノックすると、技師部長の遠井《とおい》道紀《みちのり》は気さくに二人を迎え入れた。

「お待ちしていました」

洗いざらしの半袖の技師服に、灰色の布帽子をかぶっている。長身、やせ形、色黒の貧相な顔立ちで、部長の貫禄はまるでない。現場の主任がせいぜいという印象だ。年齢はたしか五十二歳。鼻の右横に目立つホクロがあり、縁なし眼鏡のレンズが反射して、目の表情が読み取りづらい。

自己紹介を終えると、遠井は内線で部下らしい相手を部屋に呼んだ。取材を申し込んだとき、院長候補の素顔を知りたいと言うと、現場のスタッフのほうが詳しいだろうと手配してくれたのだ。

やって来たのは、視能訓練、放射線科、検査部、手術部の四人の技師長だった。手術部の技師長は遠井と同じ技師服で、あとの三人は白衣姿である。

アスカが取材の準備を整えて言った。

「今日はみなさんの本音を聞かせてもらえると嬉しいです。どなたの発言かわからないようにしますから、覆面座談会みたいな感じで、自由に話していただけますか」

最初に発言したのは紅一点の女性視能訓練士長だった。

「わたしが知っているのは百目鬼先生だけですが、ここだけの話、もう少し患者さんに優しくしてほしいですね。眼科は高齢の患者さんが多いので、目薬をきちんとささなかったり、診察日を忘れたりするんですが、そのときものすごく怒るんです。眼科の治療をおろそかにしたら、脳梗塞とか心筋梗塞にもなりかねないなんて、半分脅かすようなことを言うので、患者さんがかわいそうになります」

次に口を開いたのは鋭い目つきの検査部の技師長だった。

「患者がかわいそうと言えば、徳富先生は完全に患者を研究データとしか見てませんね。同じ患者から何度も採血して、論文に必要なデータを集めています。退院するとデータが取れないんで、入院中にできるだけ多くの検査をしておくんです」

「念のためにとか、より安全にとか言ってやるんだろ」

茶化すように言ったのは、大柄な手術部の技師長だ。「だいたいあの人たちが考えてるのは、自分が偉くなることだけだもんな。大小路先生なんか、外科医としてあれだけ評価されてるんだから、もういいでしょって思うけれど、それでもまだ足りないんだ。世界中から評価されたいっていう感じだな」

「鴨下先生も同じだろう」

鬚面の放射線技師長が口をはさむ。「うちはレントゲン写真を撮るから整形外科と縁が深いんだけど、鴨下先生の上昇志向の強いことには驚かされるね。今は院長を狙ってるけど、そのうち政界に打って出るんじゃないか。この前、冗談半分に国政選挙に出ないんですかと聞いたら、二億パーセントないなんて言ってたけど、色気十分って感じだったな」

「鴨下先生は傲慢だよな。検査部のことを陰で〝検査屋〟なんて言ってるんだから」

またかとアスカはあきれる。鴨下はコメディカルを陰で〝〇〇屋〟と軽侮する癖があるようだ。

「鴨下先生だけじゃないよ」

放射線技師長が言葉を返す。「うちは胃透視や血管造影で消化器外科、カテーテル検査で循環器内科ともつながってるが、大小路先生も徳富先生も放射線科の連藤《れんとう》教授を完全に〝検査屋〟扱いしているからな。臨時の検査を頼むときは猫なで声を出すくせに、ふだんは患者の少ない科として一段低い扱いをする。そりゃうちは画像診断のウェイトが大きいけど、リニアックとかガンマナイフとかの放射線治療もやってるんだ。麻酔科の夢野教授も怒ってたよ。麻酔科だってＩＣＵやペインクリニックがあるのに、外科の下働きみたいに見られてるって」

アスカは夢野のカワハギのように幅の狭い顔を思い浮かべた。穏やかな彼は怒りを表に出すことはないだろうが、内心では憤懣を抱えているのかもしれない。

「手術部の技師だって、外科系のドクター連中に低く見られてるぞ」

手術部の技師長が分厚い胸板の前で腕組みをする。「こっちは外科医が来る前に手術器具を整え、心電図や吸引器などをセッティングして、手術中は看護師といっしょに出血量の測定から病理標本の提出、無影灯の調整、レントゲンフィルムや腹腔鏡画像のモニター準備などをして、手術が終われば掃除と片付けと器具の滅菌、廃棄物の処理に追われるんだ。そりゃ下働きかもしれないけど、俺たちがお膳立てと後始末をしてやるから、外科医は手術ができるんだということを忘れないでほしいな。そうですよね、部長」

　手術部の技師長に同意を求められ、遠井は「そうだな」とうなずく。彼はもともと人工心肺の専門家で、部長になる前は手術部の技師長だったようだ。

　しばらく口をつぐんでいた視能訓練士長の女性が言う。

「手術部の技師が下働きなら、わたしたちは小間使いよ。それも診療報酬稼ぎとしか思えない検査をやらされるから、精神的に苦痛なのよ」

「どんな検査ですか」とアスカが聞く。

「視力検査に視野検査、眼底検査、眼圧検査、細隙灯顕微鏡《さいげきとう》検査に蛍光眼底造影検査、隅角《ぐうかく》検査、網膜電図検査、眼底三次元画像解析、光干渉断層計《ひかりかんしょうだんそうけい》等々よ。これをほとんど全員に毎回するから、儲かるには儲かるでしょうけど、患者さんは長時間待たされて、同じ検査を繰り返させられて、くたくたに疲れるのよ。それで視力が回復すればいいけれど、老化が原因で起こる病気は、白内障以外はまず見えるようにはなりませんからね。こちらはそれがわかっているからつらいのよ。高齢の患者さんは少しでも見えるようになるかと、必死の思いで検査を受けるわけでしょう。やっても無駄と思いながら検査するのは、悪徳商法の片棒を担いでいる気分になるわ」

憤然と言う視能訓練士長に、遠井が苦笑しながらコメントをはさむ。

「見えるようにならなくても、さらに視力が落ちるのを防ぐ意味はあるんじゃないか」

「そうかもしれませんが、明らかに検査は過剰です」

稼ぐことを重視する百目鬼なら、当然、そうだろう。

目つきの鋭い検査部の技師長が、揶揄するように話題を変えた。

「それにしても、今度の院長選挙のおかげで、四人の副院長はいやに低姿勢だと思わないか。技師部は部長と我々四人のほかに、係長級の主任技師が二十人で、二十五票あるからな。徳富先生なんか、しょっちゅう検査部に来て、奥歯剝き出しのニタニタ笑いで愛想を振りまいていくぞ」

放射線技師長が顎鬚《あごひげ》をこすりながら同調する。

「鴨下先生なんかも、『いっつも世話になるねぇ』なんて、人懐こい笑顔を見せたりするもんな」

「大小路先生も、ふだんは男の技師には目もくれないけど、このごろはニンマリ笑いかけたりして、逆にキモイよ」

手術部の技師長が言うと、視能訓練士長はぷっと噴き出す。

「百目鬼先生は『私が院長になったら、まずいちばんに視能訓練士の待遇改善を約束する』

なんて、だれも聞いてないのに独り言を言ってるわ」

四人が嘲《あざけ》り口調で言うのを聞きながら、アスカは悲しいものを感じた。ある程度は予想していたが、ここまでボロクソに言われると、他人事ながら落胆する。横で聞いていた保利も同じと見えて、同時に淋しいため息をついた。

11

二人のため息を聞いて、それまでほぼ沈黙を守っていた遠井が、おもむろにアスカに言った。

「技師長たちは、現場の技師とドクターの板挟みになって、つらい立場なんですよ。だから、どうしても医師を見る目が厳しくなる。私も若いころはそうでした。でも、長年この仕事をしていると、副院長を含むドクターたちの思いがけない一面を見たりもします。たとえば、私は毎朝、七時前に車で出勤するのですが、職員駐車場にいつも徳富先生の車が先に停まっています。たまたま六時半ごろ出勤したとき、徳富先生といっしょになって、『早いんですね』と声をかけたら、『海外の論文をチェックしてるんだ』とおっしゃいました。研究は世界中で進んでいるので、少しでも後れをとらないためだそうです」

「どうしてそんな朝早くにですか」

「通常の勤務時間になるとさまざまな用事が舞い込んで、集中できないからですよ。似たようなことは、大小路先生にもありました。当直をしていたとき、手術室に明かりがついていたので見ると、大小路先生がひとりで腹腔鏡手術の練習をされていたのです。器材庫からトレーニングボックスを持ち出して、鉗子《かんし》と持針器《じしん》で結紮《けっさつ》の練習をしていました。『大小路先生ほどの外科医でも練習なさるんですね』と言うと、『当たり前だ。手術の腕は練習量で決まる。センスや才能より練習量がすべてだ』とおっしゃいました。先生は若いときから超人的な練習を重ねてこられたので、今のすばらしい技術があるのだそうです」

大小路も、女性の尻ばかり追いまわしていたわけではなかったようだ。

「鴨下先生は、手術が終わるといつも控室で何か書いていらっしゃいます。何を書いているのかと聞くと、手術の反省と改良点のメモだとおっしゃいました。メモと言っても図入りで細かな横文字が書かれ、まるでレオナルド・ダ・ビンチの手稿のようでした。どんな長時間の大手術のあとでも、このルーティンは欠かさない。鴨下先生は今ある手術法に満足せず、たえず新しい術式を考えているのだそうです。アイデアは簡単には完成しない、常に考え、修正を繰り返して、はじめて実用性のあるものになるというのが先生の持論だそうです」

彼のユニークな発想も、当意即妙のように見えて、実は不断の努力の賜《たまもの》ということか。

「百目鬼先生とて同じです。口を開けばお金のことをおっしゃいますが、あの先生は責任感の強い人です。この前、看護師に解熱剤の注射をしてもらっているので聞くと、三十九度の熱があるとおっしゃってました。そんな状態なら手術は代理の先生にと申し上げたら、『患者は私の手術を求めているのに、それを裏切るわけにはいかん』と叱られました。ご自分の娘さんが交通事故で入院したときも、予定の手術をすべて終えてから病院に向かわれました。患者や部下にも厳しいですが、ご自身にも厳しいのです」

「たしかに」と、視能訓練士長の女性がうなずく。

「技師長の諸君が申し上げたことは、偽りではありませんが、事実の一部です。副院長たちは、白鳥か黒鳥かは別として、水面下では必死に水を掻いているのです。運や才能だけで今の地位に就いたのではありません。性格に問題はあっても、患者を治療すること、医学の発展に寄与することにかけては、余人の追随を許さない努力を重ねてこられた方ばかりです」

技師長たちは神妙に押し黙っている。貧相な現場主任のように見えた遠井は、実は懐の深い人物だったようだ。保利も横でうなずいている。しかし、アスカはここで納得してはいけないと今一度、質問を繰り出した。

「これまでの取材では、四人の副院長に厳しい評価をする人が多かったのですが、どうして技師部長さんはそんなに優しい見方ができるのですか」

「別に優しいとは思いません。ほかの方々の悪評は予想できたので、別の一面をお伝えしただけです。それも先生方の素顔ですから」

それはきれい事ではないのか。疑いの表情を浮かべると、遠井は眼鏡の奥に苦笑を浮かべて付け加えた。

「私はこんな性格だから、副院長たちも気を許してくれるんです。たまにこの部屋に来て、愚痴やうっぷん晴らしをしていく先生もいます。副院長はみんな孤独なんですよ。体面を保つのに必死だし、競争にも疲れている。若いころから勝ち続けてきた人たちだから、敗北や挫折を異様に恐れていて、気の毒なくらいです。診療と研究のほかに、医局のもめごと、人事の問題、科研費の獲得、厚労省や文科省との折衝、政治家への根まわし、行政との連携、マスコミ対応、そのほか諸々の仕事を、休みもなしにこなしてるんです。睡眠時間は全員、四、五時間だと言っていました。その上で常に健康に留意して、体調と頭脳をベストコンディションにして、日々、努力と闘いを続けているのです。そういうことを知れば、少しくらい性格に問題があっても、全否定する気にはならないでしょう」

「副院長の先生方はたいへんなんですね。それでは技師部長さんは、新しい院長にはどなたがふさわしいとお考えですか」

「どなたがなられても大丈夫だと思いますよ。この天大病院が日本のトップクラスを維持することについては、みなさん、使命感を持っていらっしゃいますから。何より自分の実績になるのですから、放っておいてもベストを尽くすでしょう」

自分のために頑張るのだから、最大限の結果が出るということか。

アスカは納得して、最後の質問を持ち出した。

「取材させていただいたコメディカルの部長全員にお聞きしているのですが、前の宇津々院長が亡くなられた経緯について、技師部長さんはどうお考えですか。いろいろ噂もあるようですが」

同じ流れで答えてくれるかと思いきや、遠井は顔を伏せ、レンズの反射で完全に目元を隠してしまった。唇が細かく震えている。

「どうかしました？」

アスカが聞いても遠井は顔を上げない。混乱しつつ待つと、やがて遠井の口からしぼり出された答えは、思いもかけないものだった。

「宇津々先生は、殺されたのだと思います」

12

帰宅後、アスカが取材ノートをまとめていると、午後八時すぎにインターホンが鳴った。モニターで確認すると、見知らぬ男性が二人立っている。年かさの男が黒いカードケースのようなものを掲げて言った。

「突然、お邪魔してすみません。警視庁捜査一課の郷田《ごうだ》雄二《ゆうじ》郎《ろう》と申します。こちらは同じく林孝義《はやしたかよし》。お話を聞かせていただきたいことがあって参ったのですが」

警視庁と聞いて、アスカは緊張した。

「お話って、どんなことですか。わたし、何も悪いことはしてませんけど」

「あなたのことではないのです」

ではいったい何なのか。

沈黙のまま考えていると、押し殺した声があたりを憚るように言った。

「天大病院の宇津々院長が亡くなられた件について、うかがいたいことがあるのです」

第７章　面白い巨塔

1

大小路篤郎はマティーニのグラスを片手に、斜視気味の目を窓の外に向けた。プルシャンタワーホテルの四十二階、ヘブンリーラウンジの豪華な革張り椅子は、大小路の汗ばんだ手に吸い付くようだった。

「君のような女性と時間を過ごしていると、つくづく人生の悦びを感じるよ」

上ずった声でつぶやくと、となりに座った女性は、「ウフッ」と媚を含んだ笑みを洩らした。細身なのに肉感的、彫りの深いエスニックな顔立ちは、まさに大小路の好みにぴったりだ。

二人が出会ったのは、先日の医療機器メーカー主催の接待シンポジウムだった。おざなりな学術講演のあと、場所を移しての懇親会場に彼女はいた。

「大小路先生でいらっしゃいますか。お目にかかれて光栄です」

女性は外科学界の大御所である大小路をかねてから尊敬していたと言い、カラー写真のついた名刺を差し出した。肩書は「AZビューティ代表取締役社長」。

大小路は頭から爪先へと視線を這わせ、トドのように膨れた頬に喜悦の色を浮かべた。

「ほう。お若いのに代表取締役社長とは、見上げたもんですな」

「とんでもないです。先生のような高名なお方の前では、吹けば飛ぶような会社ですわ」

女性は大小路をじっと見つめ、頬を赤らめた。こんな若くて美しい女性が、自分に好意を抱くのはおかしい、とは大小路は思わなかった。天大病院の消化器外科教授たる自分ほどの医師になれば、あちこちに隠れファンがいても不思議ではない。その隠れファンがたまたますばらしい美人であっても、何ら不自然ではないし、さらにその隠れファンの美人が、偶然、熟年男性好きだとしてもまったく不都合はない。いや、むしろそれこそ自分にふさわしい天の配剤とも言うべきだろう。

その日はメーカーとの付き合いがあったので、そのまま別れたが、翌日、大小路はさっそくメールで彼女を食事に誘った。送信ボタンをクリックするとき、いつもながら、若干の不安はあった。これまでどうしたわけか、自分に惚れていると見定めた女性を誘っても、断られる確率が高かったからだ。しかし、彼女はちがった。『大小路先生に誘っていただけるなんて夢のようです。できればプルシャンタワーホテルで』と、おねだりまでされてしまったのだ。

大小路はホテルの二階の高級フレンチに予約を入れ、食事のあと最上階のラウンジに女性を伴った。エレベーターを出たとき、彼女が腕を絡めてきた。イケる。大小路の胸は高鳴った。彼の頭には、一刻も早くこの場を切り上げて、最終目的地へ向かうことしかなかった。六本木の高級ラブホである。

カクテルを飲み干したあと、大小路は腕時計をちらと見て言った。

「あまり飲みすぎるとよくない。そろそろ送っていくよ」

早い時間にそう言うと、女はたいてい物足りなさを感じる。そうやってタクシーに乗せてから、強引にホテルに誘い込むのが大小路の戦略だった。

ところが、彼女の反応はちがった。

「あたし、もう少し飲みたいな」

そう甘えた声で言ったのだ。警戒しているのか、あるいはただの酒好きか。思う間もなく、女性は大小路の耳元でささやいた。

「ここじゃなくて、わたしの部屋で」

バッグからそっとカードキーを出す。彼女は部屋を取っているのか。あまりに話がうますぎる、とは大小路は思わなかった。そこまでしてこの俺とと、鼻の下を伸ばしただけだった。

二人はラウンジを出て、エレベーターで二十四階まで下りた。カードキーでロックを解除して部屋に入る。ダウンライトがほのかにダブルベッドを照らしている。

女は靴を脱ぎ、バッグをベッドの枕元にそっと置いた。何も言わず、大小路を見つめる。

言葉はいらないということか。一歩近づくと、女は一歩下がる。

「いや……」

何もしていないのに女は首を振る。ここまで来ていやはないだろう。大小路が首を傾げると、女は背中のファスナーに手をかけ、半分おろして止めた。

「あっ、やめてください」

「いや、ボクは何も」

言いかけると、女は自分で肩脱ぎになって胸を持ち上げた。胸の谷間が露わになる。手を伸ばすと、女は「あっ」と声を上げてベッドに倒れ込んだ。

「だめ。いや。そんな、ああ……」

女はまるで一人芝居をしているようだった。大小路がベッドの横で棒立ちになっていると、彼女は無言で唇を尖らせた。キスをねだるそぶりだ。

「よしよし。今、襲ってやるからな」

大小路も分厚い唇を突き出して迫る。目を閉じて接吻しようとしたそのとき、女の口元がにやりと笑った。

はっと気づいて枕元を見る。バッグの口が開いている。大小路は素早く中身をベッドの上にまき散らした。

「何をするの。やめて」

女が慌てて拾い集めようとするより前に、大小路はペンライト形のボイスレコーダーが転がり出たのを見た。ＲＥＣのライトが赤く点滅している。

「だれに頼まれた」

厳しく追及したが、女は横を向いたままひとこともしゃべらない。大小路は多少の未練を残しつつも、荒々しく部屋を出た。

危ないところだ。うかうかと手を出したら、あとで院長選挙の妨害に使われるにちがいない。それにしても、いったいだれがこんな卑劣な罠《わな》をと、大小路は自分以外の三人の候補の顔を思い浮かべた。

2

午後六時半、鴨下徹が病院の地下駐車場に行くと、彼のＢＭＷのとなりに黄色い軽ワゴン車が停まっていた。異様に運転席側の近くに寄せられている。幅約二十五センチ。これではドアを開けて乗り込むことができない。

それでも鴨下は取り敢えずドアを開けてみた。足を差し込み、腰を斜めにしたが乗り込むことができない。まるで乗り込めないギリギリを計算して停めたかのようだ。

鴨下は舌打ちをして反対側にまわった。助手席から車内に入るのは楽ではない。彼のBMWはスポーツタイプで車高が低く、コンソールボックスの幅も広いからだ。片足ずつ乗り越え、ようやく運転席に座った。まったく不愉快だ。鴨下は腹立ちまぎれにタイヤを軋《きし》ませて、駐車場を出た。

翌日、少し遅めに出勤すると、駐車場はほぼ満車だった。スペースをさがしながらゆっくり走っていると、出そうな車があった。鴨下は通り過ぎたところで車を停め、バックで入れようとハザードランプを点滅させた。その車が出て行ったので、ギアをバックに入れたとき、後ろから現れた黄色い軽ワゴン車が、頭から突っ込んで駐車してしまった。昨日、彼の車のギリギリに駐車していた車だ。

「おい、そこは僕が停めようとしてた場所だぞ」

鴨下が車の外に出ると、相手の運転者も車から降りて、病院のほうへ歩み去ろうとした。

「ちょっと待て。おまえ、昨夜《ゆうべ》も駐車場で邪魔をしただろう」

鴨下が怒鳴ると、相手は顔半分だけ後ろに向け、嘲るように笑った。

デジャブを感じた。そうだ、眼科の百目鬼が同じようなやり方で、自分が駐車しようとしたところに車を割り込ませたことがあった。

　その日の午後、鴨下は研究棟に用事があって医局を出た。病院から研究棟へは二階か五階の連絡路を通る。鴨下は五階の連絡路を使った。用事をすませて同じ経路でもどろうとすると、窓向きに部外者らしい男が立っていて、すれちがいざまつぶやいた。

「フン。何も知らないくせに」

「何？」

　立ち止まると、男は肩を揺すって笑った。

「いい気なもんだぜ、まったく」

「僕に言ってるのか。何のことだ」

　鴨下は相手の肩をつかんで振り向かせた。軽ワゴン車の男だった。

「貴様、僕に何か恨みでもあるのか」

「あんたは奥さんに網タイツをはかせたり、スチュワーデスの制服を着せたりして、コスプレをしているそうだな。変態か」

　それは以前、院内討論会で徳富に暴露されたことだ。男はさらに鴨下を挑発するように言った。

「あんたが椎間板ヘルニアの手術をした患者が、痛みが取れなくて、ヤブだと言いふらしてるぞ」

「でたらめ言うな。僕が手術した患者はみんなよくなってる」

「おめでたいな。あんたは不都合な事実を無視しているだけの裸の王様だ」

「何だと。黙って聞いてりゃ勝手なことばかりぬかしやがって」

我慢しきれず拳を振り上げた。男は防御の姿勢も取らずに顔をさらす。パンチを繰り出しかけた鴨下の目が、天井の赤いランプを捉えた。防犯カメラだ。鴨下は慌てて拳を止めた。危ない。ここで男を殴りつけると、一部始終が記録される。暴力事件として表沙汰になれば、院長選挙で大失点になる。

「だれに頼まれた。百目鬼か、徳富か」

「チッ、気づきやがったか。目ざといヤツめ」

男は捨てゼリフを残して、足早に連絡路を去って行った。

3

濃紺のピンストライプのスーツに身を固めた男は、教授室に入るなり証券マンらしい折り目正しさで一礼した。

百目鬼洋右はいそいそとソファを勧めた。男はエルドラド証券の営業主任という肩書の名刺を差し出した。インターネットでの取引が専門らしい。

「百目鬼先生ほどの目利きでしたら、ネット証券でも必ずや成功まちがいなしです」

男はパンフレットを取り出し、先物オプションから新規公開株、海外ＭＭＦなどを紹介した。百目鬼の目が輝きだす。

「はじめに言っておくが、私はぜったいに損はしたくないんだ。利益はもちろん最大限のものを求める。それが私のポリシーだ」

「ノーリスク・ハイリターンですね。承知いたしました」

話が一段落したところで、男は鞄から風呂敷包みを取り出した。

「失礼ながら、どうぞお納めください」

菓子箱の上に分厚い封筒が載っている。

「名刺代わりでございます」

指で押さえて厚さを確認する。

「にしては、多いようだが……。二百はあるだろ」

何を求めているのか。院長の選挙がらみだとすれば、立候補を取りやめろということか。悩むところだ。目の前の二百万か、院長に就任して得られる利権か。

「スポンサーはだれだ」

「何のことでしょう」

「だから、金の出所を聞いているんだ」

声を強めると、男は百目鬼の誤解に気づいたように一笑した。

「これは私どものほんの気持です。どうぞご自由にお使いください」

「だれかの差し金ではないのか」

「私どもは純粋に百目鬼先生を応援させていただいているのです。先生が院長に就任された暁には、集まった資金を弊社で運用させていただければと考えている次第で」

「なら、ありがたく頂戴しておくか」

百目鬼が菓子箱に手を伸ばしたとき、男が胸ポケットの万年筆に手をやった。

「何だ」

「できましたら領収証にサインをお願いいたします」

「こんな金に領収証など書けるか」

「当方の社内手続きとして必要なだけですから、符丁でご用意したものがございます」

鞄から紙挟みとボールペンを取り出し、百目鬼に差し出す。

『小豆《あずき》　弐百粒　受領。以下余白』

「サインはイニシャルだけでもけっこうです」

「うむ」

ボールペンを取り、Y・D・と書きかけて、百目鬼は少し前に見たテレビのドキュメンタリーを思い出した。ロッキード事件のとき、工作資金の領収証に商社の幹部がイニシャルでサインをしていた。

はっと目を上げると、胸ポケットの万年筆がこちらを向いている。百目鬼が素早く奪い取った。キャップの頭部に小さなレンズがついている。

「隠しカメラだな。領収証にサインしているところを写すつもりか。金を持ってさっさと帰れ」

百目鬼はかなりの未練を覚えつつ、菓子箱を突き返した。男は顔を歪め、風呂敷包みを鞄に押し込んで出て行った。

百目鬼はデスクにもどって考えた。二百万円もの現金を出してまで自分を陥れようとするのは、そうとう金まわりのいい人間にちがいない。いちばん疑わしいのは製薬会社と癒着している徳富だが、鴨下も義父が天都大の総長だったから資金はあるはずだ。大小路だって患者の謝礼や医療機器メーカーからの付け届けで潤っているだろう。

そう考えると、百目鬼は自分がいちばん実入りが少ないようで、思わず歯嚙《はが》みしたくなった。

4

その女性は教授室に入った途端、足をすくませた。四方の壁と床、天井がすべて鏡張りなので、無限の空間に踏み込んだような錯覚に陥ったのだろう。

徳富恭一は、得意のチェシャ猫笑いで女性に椅子を勧めた。

「まだお若いようだが、首都医科学センターのユニットリーダーだそうですな。なかなか優秀と見える」

女性は三十代半ばで、平たい顔からイソギンチャクのようなつけまつ毛を飛び出させていた。

「今日、徳富先生にお願いに上がったのは、わたくしの論文のラスト・オーサーになっていただきたいということなんです」

ラスト・オーサーとは科学論文の共著者の最後の名前で、通常はファースト・オーサー(筆頭著者)が所属する施設のトップがなる。

「異例のご依頼ですな。首都医科学センターは、たしか笹岡《ささおか》先生がトップのはずだが」

「その笹岡先生が、ぜひとも徳富先生にラスト・オーサーになっていただきたいとおっしゃっているのです」

首都医科学センターは気鋭の研究者を擁する施設だが、天都大に比べるとネームバリューは落ちる。笹岡が徳富に頼ろうとするのも、そのあたりに理由があるのかもしれない。

女性はこれまでの経緯をかいつまんで説明した。

「わたくしの論文のテーマは、心筋細胞の再生です。骨格筋の細胞に多機能性を獲得させ、心筋細胞に分化させる技術を開発いたしました。『ネイチャー』に投稿したのですが、あり得ないとリジェクトされました。笹岡先生に相談しましたら、書き直しても簡単にはアクセプトされないだろうから、循環器内科の権威である徳富先生のお名前をお借りして、論文の正当性を高めようとおっしゃるのです」

悪い話ではない。論文がアクセプトされれば、労せずして『ネイチャー』の掲載論文が一本増えることになる。アカデミズムの世界では大きな実績だし、何より院長選挙にも有利だ。

「論文を拝見してもよろしいかな」

「どうぞ」

女性は論文のドラフトを取り出して、徳富に渡した。ざっと目を通すと、論文の構築も、画像の配置もすばらしいできだった。

「さすがは笹岡先生が指導されただけのことはありますな」

「徳富先生にそうおっしゃっていただければ百人力です」

女性は嬉しそうに胸の前で両手を合わせた。

徳富は壁や天井の鏡に映る彼女の姿を全方位から楽しんだ。顔は平たいが胸は大きい。

「わたくしはこの論文にすべてを賭けているんです。どうか、徳富先生にラスト・オーサーをお願いいたします」

「うむ。いいでしょう」

「ありがとうございます。これでわたくしの苦労も報われます」

嬉しそうに帰る後ろ姿が、どことなく不自然だった。

女性が帰ったあと、徳富は准教授を部屋に呼んだ。

「この論文を調べてくれ。至急だ。ネットで不正をチェックできるサイトがあるだろう」

「承知いたしました」

徳富の勘は正しかった。二時間後、准教授が強ばった表情で報告に来た。

「これはたいへんな食わせ物ですよ。画像の反転使用、データの入れ替え、先行論文の盗用など、怪しいところが何カ所もあります」

うかうかとラスト・オーサーなどになったら、不正論文の責任者としてマスコミの餌食《えじき》になるところだった。院長選挙の前にそんな事態を招けば、致命的な失点は免れない。

徳富はすぐに女性に電話をかけて、先ほどの申し出を断ってから問い詰めた。

「だれに頼まれた」

電話は無言のまま切れた。笹岡センター長に問い合わせると、女性研究員の論文のことなどまったく知らないとの返事だった。

5

天大病院の薬剤部長と技師部長の取材をした夜、二人の刑事がアスカのマンションを訪れた。宇津々院長が亡くなった件で話を聞きたいとのことだった。

「吉沢さんは、天大病院の副院長の取材をしておられるとうかがいましたので」

郷田と名乗った年かさの刑事は、見るからにベテランらしい人物で、林という若手は切れ者らしい鋭い目つきだった。

「宇津々先生の死に関して、取材でわかったことがあればお話しいただきたいのですが」

「警察の方が来られるということは、やはり不審な点があるのですか」

「やはり、とは」

郷田が耳ざとく聞き返す。

「宇津々先生のことについては、自殺とか事故とかいろいろな噂を聞いていましたので。警察が関係するとなると、殺人の疑いもあるということですね」

「先に私どもの質問に答えていただけますか。宇津々先生の件に関して、吉沢さんがお聞きになったことをできるだけ具体的に聞かせていただきたいのです」

声に強圧的な響きがあった。アスカは不快に思ったが、これまでの取材で聞いたことを順に話した。

「消化器外科の大小路先生にお聞きしたら、奥さんがあれだけ若くて美人だからなとおっしゃり、口が滑ったとすぐ話を逸らされました」

「奥さんというのは利佐子夫人ですな」

「脳外科の花田先生にお話をうかがったとき、利佐子夫人が救急車を呼ばず、准教授の小坂井先生に連絡したのを不審がっておられました。小坂井先生と利佐子夫人は不倫関係にあったという噂があり、宇津々先生が邪魔になった可能性もあると」

「二人による謀殺ということですか」

「そこまではおっしゃってませんが、花田先生は殺人もあり得るとお考えのようでした。関わった六人にはすべて動機があるとも」

「動機？」

「利佐子夫人には不倫の問題、小坂井先生は不倫に加え、宇津々先生が亡くなれば教授のポストが空き、副院長の先生方も院長の椅子が空くことになると」

林が郷田と視線を交わし、メモを取る。アスカは思い出したように付け加えた。

「花田先生は、自殺の線もあり得るとおっしゃってました。宇津々先生は病院の運営改革に悩んでいらしたそうですから」

「それほど深刻だったのですか」

「詳しくは知りませんが、ほかにも自殺説を唱える人はいました。看護部の蓬莱部長です。救命救急部の看護師が、宇津々先生は悩んでいたと言ってたそうです」

郷田は下唇を突き出し、気にくわないという表情を見せた。林も険しい表情でメモを取り続ける。

「公式発表通り、病死だとおっしゃる方もいました。事務部長の下辺さんですが」

「ほかには」

郷田は下辺には興味がないようすだった。

「薬剤部の服佐部長は事故死を疑っていました。宇津々先生は強い睡眠薬をご自分に処方していたらしく、薬をのみすぎてふらついて、胸を強打して不整脈の発作を起こしたんじゃないかと」

「根拠はあるのでしょうか」

「ただの想像みたいでした。最後に、わかりませんがとつけ加えてましたから」

「殺害を疑う人は花田さん以外にいませんでしたか」

「技師部の遠井部長も疑っていたみたいです。でも、背景や理由については何もおっしゃらなくて」

「うーむ」

郷田が唸り、林もメモの手を止めて顔を見合わす。

「それから、副院長たちは宇津々先生のお名前を出したとたん、妙なうろたえ方をしていました。しどろもどろになったり、過剰に関わりを否定したり」

「四人ともですか。もう少し詳しく聞かせてもらえませんか」

アスカはそのときのようすを思い出して詳しく話した。郷田がうなずき、林は一語ももらさない勢いで書き留めていく。

「ほかに宇津々先生の死に関して話していた人はいませんか」

「麻酔科の夢野先生も、納得しているわけではないと」

アスカは接待ゴルフの往路で聞いた話をした。

「夢野先生は、宇津々先生は死ぬときの苦しみを極端に恐れていたらしいとおっしゃっていました」

二人の刑事はふたたび視線を交わし、困惑の表情を浮かべる。アスカは先手を打って言った。

「それがどういう意味かはわかりません。安楽死のことかと思って聞きましたが、そうではないようでした」

「わかりました。ご協力ありがとうございます」

郷田が席を立ち、林もあとに続いた。このまま帰すものかとアスカは追いすがる。

「警察の方が聞き込みをするというのは、事件性があるということですね。有力な情報とか、内部告発のようなものがあったのですか」

「いや、それはちょっと」

「先にそちらの質問に答えてとおっしゃったじゃないですか。今度はこちらが答えていただく番でしょう」

「申し訳ありません。捜査情報はお話しできないんですよ」

ふたたび強圧的な声で言われた。ズルいと思ったが、一瞬、ひるんだ隙に、郷田は林とともに部屋を出て行った。

6

数日後、アスカは夢野に呼ばれた。

医学部長室を訪ねるのは、徳富に取材したとき以来二度目だ。

「お忙しいところ、わざわざどうも」

夢野はデスクの向こうから出てきて、幅の狭い顔で笑った。

「天大病院の院長選挙まで、残すところ一カ月を切りました。立候補の届け出は二週間後です」

「立候補予定者は、四人の副院長の先生方ですね」

「お恥ずかしい話ですが、四人は今もいがみ合っていて、このまま選挙になれば、だれが院長になってもわだかまりが残ります」

院長は医学部長とともに医学部を支える存在だから、夢野も気を揉んでいるのだろう。

「各候補に陰謀めいた妨害工作も行われているようで、手をこまねいているとさらに剣呑《けんのん》な事態になりかねません。そこで何とかいい方法はないかと智恵を絞り、あるアイデアを考えました」

アスカは期待して身を乗り出した。

「医学部の教授たちを結束させるために、懇親パーティを開こうと思うのです」

「パーティ、ですか」

拍子抜けした。夢野が弁解するように続ける。

「ただのパーティではありません。豪華客船を借り切って、船上パーティを開くのです。東京湾の夜景を背景に、夫人同伴のセレブな雰囲気で、医学部教授のノーブレスとしての自覚を促すのです。これが成功すれば、つまらない名誉欲など忘れて、よき病院運営のために心をひとつにできると思うんです」

「……なるほど」

相づちは打ったが、とうてい納得できなかった。あの幼稚で浅はかで排他的な教授たちが、船上パーティくらいで改心するだろうか。

夢野はアスカの心中を読むように続けた。

「もちろん、ただのパーティで宥和《ゆうわ》が図れるとは、私も思っていません。今日、吉沢さんにお出で願ったのは、このパーティにオブザーバーとして参加していただきたいからです」

「わたしがですか」

「天都大の教授たちは、院内では我が儘放題ですが、世間の評判には敏感です。前もってあなたが天大病院の内幕を描くノンフィクションを計画しているという噂を流しておけば、自分のことを悪く書かれたくない教授たちは、こぞってお利口さんになると思うのです」

「なるほど」

今度は少しは納得できた。天大病院の内幕を描くというのは、延明出版の保利のコンセプトにも合致する。教授たちの宥和が図られればよし、剝き出しの本音が取材できればそれもよし、いずれにせよ、アスカには悪い話ではない。

「パーティは、亡くなった宇津々先生の遺徳を偲び、同時に教授たちの懇親を深めるという名目にするつもりです。当日は宇津々未亡人の利佐子さんと、直属の部下だった小坂井慎《しん》准教授にも来てもらいます。お二人に宇津々先生を偲ぶスピーチをしてもらえば、会場はしんみりとして、くだらない諍《いさか》いなどしている場合ではないという雰囲気になると思うのです」

「わかりました。どれほどお役に立てるかわかりませんが、パーティにはぜひ参加させていただきます」

「ありがとう。これで我が天大病院も救われます」

夢野は血色の悪い顔をほころばせ、両手をすり合わせた。

7

船上パーティは次の週の金曜に開かれることになった。

参加者は副院長を含む臨床の教授が十九人、基礎医学の教授が十四人、看護部、薬剤部、技師部、事務部の幹部たちが八人、夫婦同伴だったので、総勢八十人ほどの集まりとなった。乗船場所はお台場のパレットタウン桟橋。出航は午後八時で、東京ゲートブリッジ、レインボーブリッジなどを巡るコースが予定されていた。

アスカは保利にエスコートを頼み、出航の一時間前に桟橋に行った。アスカは紺色のミニのカクテルドレス、保利はチャコールのタキシードをそれぞれ貸衣装屋で誂《あつら》えた。停泊していたのは、純白の超大型クルーザーで、きらびやかな照明に包まれ、まるで光の国の入口かと見まがうほどだった。船内に入ると、夢野がレセプションで客の到着を待っていた。

「今日はよろしくお願いします」

黒のタキシードに身を包んでも、夢野は貧相な印象を免れなかった。横にさらに影の薄い黒縁眼鏡の男性が立っている。

「こちらは放射線科の連藤源《げん》教授です」

「はじめまして」

アスカが会釈すると、連藤もぎこちないお辞儀をする。

「私はここで招待客を出迎えますので、吉沢さんたちは先に会場にいらしてください」

夢野に促され、アスカと保利は三階のパノラマデッキに向かった。ロビーから出ると、マストから四方に派手なイルミネーションが連なり、ビュッフェテーブルに用意された豪華な食器を輝かせていた。

「なんとも華々しいな」

保利がタキシードの首元を緩める。席順でもめないように、パーティは立食で行われるとのことだった。

保利がアスカに聞いた。

「ところで、選挙は今のところだれが優勢なんだ」

「むずかしいですね。病院職員による一次投票で過半数を得る候補者がない場合、教授会で上位二人による決選投票が行われるそうですから、最終的には教授会で決まるようですね」

「教授会の勢力図はどうなってる」

「今のところこんな感じです。腎臓内科と内分泌内科は教授不在なので、欠員二ですが」

アスカはバッグから小さな紙きれを取り出した。

『徳富派＝消化器内科・伊調、呼吸器内科・牌勝《はいかつ》、血液内科・茅野《ちの》、神経内科・伊丹《いたみ》。
大小路派＝呼吸器外科・灰埜、心臓外科・針野、脳外科・花田。
鴨下派＝泌尿器科・香澄、小児科・鬼怒川、産婦人科・本間。
百目鬼派＝耳鼻科・耳成、皮膚科・羽田野、精神科・間戸。
未定＝麻酔科・夢野、放射線科・連藤』

「徳富さんが四人、ほかが三人ずつの支持というわけか」

「これは臨床の教授だけで、基礎医学の教授はわかりません。彼らは医学部長選では大半が夢野先生を推したようですから、まだまだ情勢は変化する可能性があります」

「それで夢野さんが言い出したパーティに、各候補者とも参加せざるを得ないというわけだな」

やがて、教授たちが三々五々、夫人同伴で到着した。アスカと顔見知りの教授は気さくに声をかけ、「本の執筆はお手柔らかに頼むよ」などと軽口を飛ばす。夢野がまいた噂はしっかり広まっているようだ。

しばらくすると、各副院長夫妻が順に到着した。当人たちはよく知っているが、夫人を見るのははじめてだ。

最初に現れたのは、シルバーグレイのタキシードに身を固めた百目鬼とその夫人だった。彼女は美容整形に失敗して、デヴィ夫人ならぬデヴィル夫人と呼ばれているそうだが、なるほど斜めに引きつれたキツイ目をしている。これなら百目鬼に「バカじゃないの」のひとことくらいは言いそうだ。

次に到着したのは大小路夫妻だった。大小路夫人はスリーサイズがオール一〇〇センチとのことだったが、それは言葉の綾ではなく、ボディラインを目立たなくするヒラヒラ付きの黒いドレスでも、米俵のような体形は明らかだった。

三番目は鴨下夫妻で、彼は家で夫人に網タイツやスチュワーデスのコスプレをさせていると院内討論会で暴露されたが、夫人はガリガリのやせぎすで、これならコスプレも無理ないかという色気のなさだ。

最後に登場した徳富とその夫人は、一見、優雅そうな物腰だが、夫人はいかにもバーゲン品らしいマキシドレスに、帽子、手袋、アクセサリーで全身を飾り立て、さすが夫に伊勢丹でセールの商品を山ほど持たせた買い物好きらしい出で立ちだ。

会場はセレブな雰囲気に包まれていたが、油断ならない陰湿さが潜んでいて、一波乱ありそうな雲行きだった。副院長を含む何人かの教授は、大きなカバンを隠すように持っている。

夢野と連藤が上がってきたので、アスカが不安を訴えると、夢野も重そうなバッグを提げていた。

8

出航の時間が迫っていた。

夢野が前方に移動したあと、ふいに会場の雰囲気が変わった。後ろのロビーから、奇妙なカップルが現れたからだ。黒いタキシード姿の男性は、四十代のイケメンだ。女性は黒のイブニングドレスに、ネット付きの黒い帽子をかぶり、色の薄いサングラスをかけている。やはり四十代のようだが、ネットとサングラス越しにもその美貌は明らかだった。

「だれなんだ」

保利が上体を寄せてアスカに聞いた。

「宇津々未亡人の利佐子さんと、救命救急部の小坂井准教授だと思います」

「不倫の噂のある二人が並んでご登場というわけか。ここにいるお歴々に対する挑発だな」

二人は参加者の刺すような視線を無視して、ゆっくりと前方に進んだ。

ほどなくファンファーレが鳴り響き、船はゆっくりと海上に滑り出した。空は漆黒に染まり、お台場のビル群が近未来的な光を放っている。

夢野がステージに上がり、マイクの前に立った。

「みなさま、本日はお忙しい中、ようこそお出でくださいました。今宵は宇津々院長の遺徳を偲び、我が天大病院の未来に向けて、有意義なパーティにいたしたいと存じます」

拍手が起こり、そこここで指笛も鳴った。夢野が続けて言う。

「では最初に、宇津々院長の未亡人、利佐子さんよりご挨拶をいただきます」

拍手のトーンが微妙に下がる。ステージに登場した利佐子は、悪びれることなく、夢野に一礼してマイクの前に立った。

「宇津々は院長に就任いたしましてから、よりよい医療と天大病院の発展に、日々、打ち込んでおりました。寝食を忘れて働く夫の姿を見て、わたくしも尊敬の念を禁じ得ませんでした」

神妙な空気が広がる中で、アスカの近くにいた大小路がつぶやいた。

「うーむ。美人だ。あとでメルアドを交換しよう」

利佐子が続ける。

「わたくしは、宇津々の熱心すぎる仕事ぶりに、健康上の心配を抱いておりました。眠れないからと強いお酒を飲み、睡眠薬も多量に服用しておりました。わたくしがもう少し注意していれば、宇津々はあのようなことにならなかったのにと思うと、悔しい気持でいっぱいで

さやきが洩れた。

ございます」

　とても演技とは思えない話しぶりだ。しかし、挨拶が長引くにつれ、そこここで不穏なさ
さやきが洩れた。

……よく言えるな。……浮気女が。……裏切り者。

　保利がふたたびアスカに聞く。

「警察は利佐子夫人も疑っているんだろう」

「特に彼女をというわけではありませんでしたが……」

　利佐子のスピーチが終わると、小坂井が夢野に促されて献杯の音頭を取った。

「それでは僭越でございますが、ご指名ですので、ひとこと述べさせていただきます」

　小坂井は宇津々の功績をほめ称えたあと、これからの天大病院は一丸となって発展を目指さなければならないと訴えた。その間にも、密やかな誹謗がささやかれる。

……下剋上男《げこくじょう》が。……破廉恥な間男《まおとこ》。……そこまでして出世したいか。

　献杯のあと、しばらくは歓談となった。四人の副院長は、基礎医学の教授を取り込もうと、それぞれに愛想を振りまいている。コメディカルの幹部たちは、ビュッフェテーブルに群がり、料理を皿に盛るのに余念がない。夢野はステージの前で、利佐子と小坂井の相手をしている。アスカはチャンスとばかりに近づいた。

夢野が紹介してくれる。

「こちらは、ノンフィクションライターの吉沢アスカさんです」

アスカは利佐子に率直に聞いてみた。

「宇津々先生は急でしたから、奥さまもさぞ驚かれたでしょうね」

「それはもう」

「救急車を呼ぶ間もなかったとお聞きしていますが」

何気ない調子で言うと、利佐子はサングラスの奥の目を一瞬、鋭く光らせた。

「あの夜のことは、あまり思い出したくありませんので」

「失礼いたしました。でも、連絡を受けられた小坂井先生も、動転されたのではありませんか」

小坂井に話を振ると、こちらは意外にあけすけに答えた。

「もうびっくりですよ。だって、宇津々先生は当日の昼間もお元気だったんですよ。そりゃ院長ですから、ストレスもあったでしょうし、お疲れも溜まっていたでしょうけどね」

「体調が悪いようではなかった？」

「ぜんぜん。だから奥さまもショックだったと思いますよ」

小坂井の言葉に利佐子が顔を伏せる。小坂井が弁解するように続けた。

「奥さまが救急車を呼ばずに、僕に連絡したことを疑問視する向きもあるようですが、僕は救命救急部の准教授ですよ。救急車で来る救急隊員などより、はるかに救急処置には長《た》けてるんです。奥さまが僕を呼ばれたのは当然のことです」

そう言われればそうだ。

「小坂井先生が到着されたときには、救命の可能性はなかったのですか」

「残念ながら、死後硬直がはじまりかけてましたからね」

死後硬直は死亡の二時間後くらいからはじまると、何かで読んだことがあった。小坂井の自宅から宇津々宅までは、車で三十分ほどらしい。つまり、利佐子が宇津々の異常に気づいたのは、死後約一時間半ということになる。

「そのあと天大病院に運ばれて、四人の副院長に連絡されたんですね。それはなぜ？」

「ご遺体を病院に運ぶのは当然だし、病院の幹部に報告するのも当然の義務でしょう」

「死因は不整脈の発作だとうかがいました。素人がこんなことをお訊ねして申し訳ないのですが、解剖もせずに死因が特定できるものでしょうか」

「それは徳富先生が診断されたんです。宇津々先生は以前から不整脈の発作があると聞いていたとかで」

小坂井が答えると、利佐子が堪えられないというように声を荒らげた。

「いい加減にしてください。どういうつもりなの。あの夜のことは思い出したくないと言ってるでしょ！」

「申し訳ございません。ついライター根性が出てしまいました。どうぞお許しください」

アスカは慌てて謝ったが、利佐子の怒りは収まらなかった。

「夢野先生。どうしてこんな辱めを受けなきゃいけないんです。部外者に根掘り葉掘り聞かれて、まるで宇津々の死のことで、わたくしが批判されているようじゃありませんか」

「とんでもない。奥さまがお怒りになるのもごもっともです。私からも謝ります」

「気分が悪いわ。わたくし、ちょっと休ませていただきます。お部屋を用意してくださらないこと」

夢野はすぐにパーサーを呼び、利佐子のために部屋を用意させた。

9

その後、船はレインボーブリッジをすぎたところでUターンし、帰路に就いた。目の前にはライトアップされた東京タワーはじめ、すばらしい夜景が広がっている。しかし、パーティの参加者たちはそれどころではなかった。四人の副院長とそれぞれの支持者が、表向きは社交儀礼を保ちながら、駆け引き、さや当て、誘惑、暗躍を繰り広げていたからだ。

いつしか夢野のまわりに四人の副院長が集まってきた。アスカと保利は少し離れたところからようすを見ていた。夢野は医療崩壊の阻止に、いかに医師の結束が重要であるかを説き、懸命に宥和を図ろうとしている。四人はもっともらしくうなずきながら、隙あらばライバルを蹴落とし、抜け駆けを図ろうとしているのがミエミエだ。

まず口火を切ったのは鴨下だった。

「夢野先生がおっしゃる通り、医師は互いに思いやる気持が大切です。院長は激務ですから、健康に不安のあるお方は無理でしょう。たとえば、六十歳を超えておられる百目鬼先生や大小路先生は、ロコモティブ症候群の危険性があるから、無理をお願いするわけにはいきませんね」

ロコモティブ症候群とは、運動機能の低下で介護が必要になる状態である。すかさず大小路が反論した。

「若いから安心とは言えんぞ。鴨下君は手のひらが赤いし、首筋にクモ状血管腫もあるから肝硬変の疑いがある。医者の不養生で検査を受けとらんだろう」

鴨下が目を剝くと、徳富が歯を剝き出しにしてニヤリと笑った。

「赤いと言えば、大小路先生の鼻も赤いですな。僧帽弁狭窄《そうぼうべん》の徴候です。院長の激務は寿命を縮めますよ」

百目鬼も負けずに言う。

「そう言う徳富さんは、ときどき妙に目を細めているが、まちがいなく緑内障の徴候だ。やがて文字が歪みだすから、重要書類を読む院長の仕事は無理だろう」

四人が言い合いをはじめると、ほかの教授たちも集まってきた。徳富を支持する呼吸器内科の牌勝良子《りょうこ》が、百目鬼の指の爪を見て言った。

「爪が膨れてますね。バチ状指ですわ。おそらく肺気腫でしょう。百目鬼先生は若いころは、かなりのヘビースモーカーだったそうですから」

同じく血液内科の茅野素子《もとこ》が鴨下の指を見て言う。

「鴨下先生は爪が反ってますね。スプーン爪です。鉄欠乏性貧血の心配があります」

さらに同じ派閥の神経内科の伊丹喜多郎《きたろう》も鴨下を攻撃した。

「鴨下先生の歩き方って、突進歩行に近いんですよね。これ、パーキンソン病の前兆です。振戦《しんせん》（手の震え）もあるようだし、たぶん数年で発症しますね」

鴨下は怒りに拳を震わせて、自分の派閥の教授に加勢を求めた。泌尿器科の香澄清が大小路に言った。

「大小路先生は先ほどトイレに行かれましたが、かなり排尿に時間がかかっていましたね。

前立腺肥大ですな。日ごろから泌尿器科は汚いなどと言ってるから、バチが当たったんだ。うははは」

大小路は内股になって、悔しそうに下腹部を押さえる。大小路派の心臓外科医、針野飛雄が前に進み出て言う。

「バチが当たったと言うなら、徳富先生、あなたは日ごろからカテーテル治療があれば心臓外科はいらないなんてうそぶいているが、最近、足が浮腫《むく》んでいるようだし、動悸と息切れもあるでしょう。拡張型心筋症の可能性が高いんじゃありませんか。心臓移植しか助かる道はありませんぞ。それでも心臓外科は不要と言えますかな。ふふん」

指摘されると症状を意識するのか、徳富は胸を押さえて息苦しそうにする。それを堪えて、大小路に矛先を向ける。

「医師が自分の専門とする病気になるのはよくあることですな。大小路先生は最近、少しやせられたようだが、消化器のどこかにがんができてるんじゃないですか。守備範囲が広い分、がんのできる範囲も広いということです。鴨下君は膝が痛いと言ってたが、骨肉腫かもしれんぞ。いずれも症状が出にくいから、見つかったときには手遅れだな」

「あら、手遅れと言えば、徳富先生の鏡張りの教授室も、治療の見込みのない自己愛性人格障害だわ」

百目鬼を支持する精神科の間戸博士が、オネエ言葉で声を上げる。徳富はむっとして、百目鬼に言い返す。

「いろいろ病気が出ましたが、我々の科の病気は生命を脅かすのに対して、眼科は命に関わる病気がなくて気楽でいいですな」

百目鬼は軽視されて激怒するかと思いきや、何を思ったかステージに上がり、マイクの前に立った。

「みなさん。こんな低レベルの言い争いはもう十分でしょう。私は挑発には乗りません。それよりサプライズをご用意しました。マストのてっぺんをご覧ください。このパーティを盛り上げるためのくす玉です」

参加者がマストの上を見上げる。いつの間かイルミネーションの上にビーチボールのようなものが取りつけられている。

百目鬼が全員に告げる。

「みなさん、しっかりと目を開けてご覧ください。では、どうぞ」

百目鬼の合図で、耳鼻科の耳成功市が紐を引いた。

ボンッ。

破裂音が響き、何が飛び出すかと思いきや、チャチなテープと紙吹雪が散っただけだった。

いや、それだけではない。何か霧雨のようなものが降り注いでいる。

「よく見てください。目を逸らさないで」

百目鬼が煽《あお》る。何を見ろと言うのか。意図がつかめず、戸惑いの声が上がる。

百目鬼はそのまま全員に語りかけた。

「今宵は夢野先生がせっかく懇親パーティを開いてくださったのに、私を含め、不毛な言い争いの会になってしまったのは誠に遺憾です。そう反省したとき、私は霊感のようなものに撃たれました。神秘の存在が、私に天大病院を背負って立てと命じたのです。私は今、そのパワーを全身に感じます」

百目鬼はゆっくりと両手を広げた。不思議なことに、それまでシルバーグレイだった百目鬼のタキシードが、まばゆいばかりの白銀色に輝きだした。

……なんだ。……光ってる。……百目鬼先生が輝いてる。

会場にざわめきが広がった。保利も横でまぶしげに目を細めている。

「いったいどうなってるんだ」

「わかりません」

まるで超常現象だった。百目鬼が厳かに言う。

「みなさん、恐れないで。私の天大病院にかける熱意が、このような光を発しているのです。

どうぞ私に任せてください。きっと天大病院を栄光に満ちた日本一の施設にしてみせます」

基礎医学の教授たちが、百目鬼に熱い視線を送った。夫人の中には拝みだす者までいる。

拍手が起こりかけたそのとき、会場の後方から声が上がった。

「ミドリンだ！」

教授たちがいっせいに振り返る。声を上げたのは、薬剤部長の服佐容太郎だった。

「さっきの霧雨みたいなものはミドリンです」

アスカが夢野に聞く。

「ミドリンて何です」

「眼底検査に使う散瞳剤《さんどうざい》の点眼液ですよ。瞳孔が縮んでいると眼底が見えにくいから、検査のときに広げるんです。そうすると網膜にふつう以上の光が入って、あらゆるものがまぶしく見えるんです」

それでシルバーグレイのタキシードが白銀色に輝いて見えるのか。そう言えば、保利のチャコールのタキシードも白っぽく見える。

教授たちはもちろんミドリンの効用を知っている。会場から怒号が飛んだ。

「インチキ野郎！」「ペテン師！」「いかさま男！」

百目鬼は「あわわわ」と顎を震わせ、ステージを右往左往した。

そのとき、耳鼻科の耳成がカバンからスピーカーのついた器械を取り出し、手まわしハンドルをぐるぐる回転させた。器械を向けられた教授が耳を押さえる。

「うっ、何も聞こえん。どうなってるんだ」

「めまいと頭痛がする。助けてくれ」

何人かが頭を抱えてうずくまる。アスカの後ろにいた技師部長の遠井道紀が、眉をひそめてつぶやいた。

「あれは聴神経を麻痺させる高周波発生装置です」

アスカが耳を押さえて避難すると、皮膚科の羽田野毅がゴム手袋をはめた手で、籠に入れた粉を花咲か爺さんのようにまきはじめた。粉のかかった教授や夫人たちが、身体のあちこちを掻きはじめる。

「痒《かゆ》い、痒い」

「ジンマシンだ」

飛んでくる粉を扇子で防ぎながら、看護部長の蓬萊玉代が言った。

「あれはウルシの粉だわね」

会場の混乱に乗じて、百目鬼がステージから前方のロビーに隠れようとした。

「ちょっと待った。逃げようたってそうはいかんぞ」

徳富がコードのついた電極パッドを両手に持って立ちはだかった。カバンからＡＥＤ（自動体外式除細動器）がのぞいている。

「俺が院長になるのを反対するヤツは、これで心臓を止めてやる」

ＡＥＤは心停止を起こしている心臓は正常にもどすが、正常な心臓に使うと逆に心停止を起こす。

振り向いた徳富に、大小路が自分のカバンから手術用の自動吻合器を取り出して突きつけた。

「だれがお前なんか院長にさせるものか。減らず口を叩けないように、上下の唇を吻合してやる。ほかにも俺に反対するヤツは口も肛門も塞いでしまうぞ」

脅しつけるように言う大小路に、鴨下が待ったをかけた。

「その前に僕がこれで全身を固めて、動けないようにしてやりますよ」

鴨下が取り出したのは、即乾性のギプスだった。網目状の包帯を巻きつけ、ワセリンを塗ると見る見る固まるギプスだ。

うろたえる百目鬼を三人が取り囲むと、間戸が百目鬼の前に飛び出した。

「百目鬼先生に手出しはさせないわ。あなたたち、さあ、これをご覧」

間戸は懐中時計を取り出して、三人の前で素早く揺らした。彼が得意とする催眠療法だ。

「徳富先生。あんたは『不思議の国のアリス』に出てくるチェシャ猫みたいな笑いをするから、猫におなり。鴨下先生。あんたは天都大の狂犬だから犬だよ。大小路先生は体形そのままのトドにおなり。女好きのエロトドよ」

間戸の暗示で、徳富は「ニャーゴ」、鴨下は「バウワウ」、大小路はトドの鳴き声を知らず、「アウアウ」とオットセイで代用した。つられて百目鬼も「ウキャッ」とサル声で叫んでしまう。四人は動物の暗示をかけられても、互いに威嚇のポーズを崩さない。耳成と羽田野はだれかれかまわず攻撃し、被害者は耳を押さえ、頭を抱え、顔や首筋を掻きまくる。

「みなさん、静粛に。四人の副院長の先生方も冷静になってください」

夢野が叫ぶがだれも反応しない。どうなることかとアスカと保利が見ていると、夢野はおもむろに自分のバッグからゴムマスクつきの小型ボンベを取り出した。

「仕方がありません。これで静かになってもらいます」

言うが早いか、夢野は乱れる教授たちの口元にゴムマスクを押し当て、コックを開いてガスをフラッシュした。ガスを吸い込んだ教授たちは、一様に動きを止め、刹那《せつな》、ぽーっとしたかと思うと、ヘラヘラ笑いだした。

「夢野先生。それは何です」

アスカが聞くと、夢野はにやりと笑って答えた。

「麻酔に使う笑気《しょうき》ガスです」

10

デッキ係のボーイたちが素早く椅子を用意して、ふらつく四人の副院長をステージの前に座らせた。夢野はそれぞれの教授を〝武装解除〟し、羽田野のカバンからステロイドの軟膏を取り出して、ジンマシンの出た参加者の痒みを抑えた。

会場が落ち着くと、夢野はふたたびステージでマイクを取った。

「みなさん。今日は天大病院の結束を願ってお集まりいただきましたが、どうやらその目論見は失敗だったようです」

悔しそうに声を震わせる。前に並んだ副院長たちは、申し訳なさそうなそぶりも見せず、ヘラヘラと笑っている。

「四人の副院長が少しでも歩み寄りを見せてくれたなら、私も希望を持ったでしょう。しかし、もはやその可能性は消えました。遺憾ながら、私はここでいくつかの事実を公表せざるを得ません。それは四人の副院長が院長候補としてふさわしくないことを証明するものであります」

会場がざわつく。アスカは全身を耳にする。

「まず、徳富先生。以前から噂のあったことですが、先生の論文には複数のねつ造、盗用、データの改ざんがあり、公になると、院長どころか教授を辞任せざるを得なくなります。製薬会社と結託して、効かない薬をさも有効であるかのように宣伝し、不正な寄付を受け取ったことも判明しています。次に大小路先生。あなたは先日、医局の秘書にセクハラで訴えられましたが、それだけでなく、十七歳の看護学生を教授室に連れ込み、無理やり関係を迫ったという証言が得られています。淫行および変態行為の疑いです。続いて、鴨下先生。君には医局員に対する暴力の問題があります。新米の医局員にビンタを張り、ショックを受けた医局員はその後、ひきこもりになって未だに社会復帰ができていません。最後に百目鬼先生。先生は財テク熱が高じて、未公開株の買い付けでインサイダー取引の疑いが持たれています。それ以外にも水増し診療、空出張、裏金作りの疑いもあり、マスコミに洩れたら大スキャンダルはまちがいありません」

四人の副院長たちは、顔を引きつらせながらも、笑気ガスの影響でヘラヘラ笑いを止められない。それでも必死に反論しようとする。

「でたらめだ、うふふ」「あり得ない、あはは」「名誉毀損だ、えへへ」「冤罪だ、うほほ」

口々に言うが、半分笑っているので真剣みがない。夢野が余裕の表情で言い返す。

「これらの事実は私が調べたのではありません。放射線科の連藤先生の調査によるものです。さすが放射線科の教授だけあって、すべてお見通しでした」

夢野がステージから連藤に右手を差し伸べた。会場からまばらな拍手が起こる。

「さて、副院長の先生方、このような事実が発覚した今、来る院長選挙への立候補は当然、取りやめにしていただけますでしょうな」

夢野はステージから副院長たちの前に下りた。

「どうなんです」

マイクを突きつけ、徳富の脇腹をくすぐる。

「うひゃひゃひゃ。わかった。立候補はしない」

大小路、鴨下、百目鬼にも同様に、マイクを向けて脇や首をくすぐる。

「だはは。立候補はやめる」「ぎゃはは。選挙には出ません」「ぶほほほ。わしも降りた」

夢野がステージにもどって言った。

「みなさん、お聞きいただきましたね。副院長は全員、院長選立候補を辞退されるようです。みなさんが証人です。万一、どなたかが今の発言を反故《ほご》にすれば、先ほど申し上げたスキャンダルが公になるものと覚悟されますように」

四人の副院長は夢野の前で、うなだれたり、悔しそうに歯ぎしりしたりしながら、なおもヘラヘラ笑いを続けていた。

しかし、副院長が四人とも立候補しないなら、いったいだれが次の院長になるのだろう。

アスカが割り切れない思いでいる間に、船は静かにパレットタウン栈橋に帰着した。

11

船上パーティの一週間後、アスカはふたたび夢野を訪ねた。

「やあ、その節はお世話になりましたね。まったくお恥ずかしいところをお見せして申し訳ない。少しは取材のお役に立ちましたか」

「まあ、いろいろと」

アスカが答えると、夢野は卑屈な上目遣いで言った。

「こんなことを頼めた義理ではないのですが、できれば先日の船上パーティで私が暴露した副院長たちの不行跡は、本に書かないでもらいたいのです。天下の天大病院の副院長が、そろいもそろってスキャンダルにまみれているなんて、世間に知られたら大騒ぎになりますので」

夢野の立場からすれば当然の依頼だ。

「わかりました。でも、ひとつお聞きしていいですか」

「どうぞ」

「四人の副院長が立候補をしないとなると、次期の院長はどなたがなるんでしょうか」

夢野はソファに座ったアスカを見て、ひとつ咳払いをした。

「それがどうも、ほかの教授たちも立候補を拒んでいるようなんです。選挙に出ると、いろいろ身辺を調べられることがわかったので」

教授たちはそんなに明るみに出せないことがあるのか。

「だれもなり手がなかったら、困るんじゃないですか」

「致し方ないので、私が出ようかと思っています」

「夢野先生が？　でも、先生は医学部長でいらっしゃるのでしょう」

「ですから、院長との兼務になります」

医学部長と院長を兼務すれば、医学部の全権を握ることになる。

「ただでさえお忙しいでしょうに、お身体は大丈夫ですか」

「まあ、なんとかなるでしょう」

夢野は深いため息をついたが、どこか嬉しそうでもあった。

アスカはもうひとつ気になっていたことを訊ねた。

「宇津々先生のことはどうなりました。警察も動いていたようですが」

「あの件には警察の出る幕はありませんよ。私見ですが、宇津々先生の死因は、恩寵死とも言うべきものだったのですから」

「恩寵死？」

聞いたことのない言葉にアスカは首を傾げる。夢野がおもむろに解説した。

「宇津々先生が死ぬときの苦しみを極度に恐れていたことは、前にもお話ししましたね。救命救急部の教授として、患者の断末魔を何度も目《ま》の当たりにしているうちにそう思うようになったのでしょう。それで先生は宗教的な考えに取り憑かれたのです。もともと神がかりなところがありましたからね。宇津々先生は死の苦しみを免れさせてくれる神を創り上げ、毎夜、祈っていたようです。死の少し前、彼は私に言いました。間もなく願いがかないそうだと。つまり、宇津々先生はある種の神の恩寵によって、苦しまずに亡くなったのです。六十一歳は早すぎますが、ご本人は望みがかなったというわけです。だから、これは病死ではないし、もちろん自殺でも、事故でも殺人でもありません。実に不思議な亡くなり方なのです」

そんなことがほんとうにあるのだろうか。いかにも荒唐無稽だが、夢野には確信があるようだった。

「死因はたしか不整脈発作でしたね。治療は受けておられなかったのですか」

「宇津々先生は治療を受けると、死ぬときの苦しみが増すとおっしゃっていましたから」

アスカは今ひとつ腑に落ちない気持で医学部長室をあとにした。


それからしばらくして、天大病院の院長の立候補受け付けが終了し、唯一の候補者だった夢野が無投票で院長に決まった。

アスカは保利とともに、院長就任式に招かれた。

「思いもかけない結果になったな。四人の副院長は留任するらしいが、夢野さんに首根っこを押さえられたも同然だから、ほとんど独裁体制だな」

「わたし、なんだか胸騒ぎがするんですが」

天大病院の大講堂の招待席で、アスカは不安そうに言った。

やがて式の開始時間になったが、夢野は壇上に現れなかった。舞台の袖で何やら慌ただしい動きが起こる。会場がざわめき、不穏な空気が広がる。

……手錠を……警察が……まさか……

アスカは席を立って窓から下を見下ろした。赤色ランプを回転させた車が数台停まっている。スーツ姿の男に囲まれた夢野が、うなだれて車に乗せられようとするところだった。両手はタオルで隠しているが、腰紐をつけられているのが見えた。

事務部長の下辺が蒼白な顔で現れ、震える声で会場に向けて言った。

「たった今、夢野先生が警視庁に逮捕されました」

12

逮捕容疑は、宇津々院長の殺害。決め手となったのは、利佐子未亡人の自白だった。

彼女は小坂井と不倫の噂があったが、実は不倫の相手は夢野だった。宇津々が院長の激務に疲れ、夫婦関係が疎遠になったとき、利佐子が夢野に相談に行って、ねんごろになったのである。夢野は彼女をリラックスさせるために麻酔ガスを使い、独特の陶酔をもたらすセックスで彼女を虜《とりこ》にした。

一方、宇津々は院長権限で、医学部の財務状況を調べ、夢野が公金を私的に流用していたことをつかんでいた。正義感の強い宇津々は、夢野に潔く医学部長を辞任することを勧めた。夢野は忠告に従うそぶりを見せて、宇津々を油断させた。

夢野は二人の関係をバラすぞと利佐子を脅し、宇津々が常用している睡眠薬を多量に夕食に混入させた。宇津々が書斎で寝入ったあと、夢野は宇津々宅に侵入し、眠っている宇津々に筋弛緩剤を注射した。27ゲージの極細針でくるぶしの内側の静脈に注射したので、遺体を検《あらた》めた徳富らも気づかなかったようだ。宇津々の不整脈発作を、前もって徳富に吹き込んでいたのも夢野である。

夢野は宇津々の殺害を決意したときから、医学部長と院長を兼務し、医学部の全権を握る誘惑に取り憑かれた。日ごろから麻酔科を軽視する他科の教授らを、支配下に置きたかったのだ。選挙の公示が近づいたとき、彼は公金で高級娼婦やチンピラ、リストラされた証券会社のサラリーマンや、論文ねつ造問題で失業中の女性研究者らを雇い、四人の副院長を陥れる計画を立てた。しかし、これはすべて相手に感づかれ、失敗に終わった。

そのあと、放射線科の連藤が副院長たちのスキャンダルをつかんでいることを知ると、夢野はそれを効果的に用いるために船上パーティを企画した。連藤が四人の副院長のスキャンダルを調べたのは、常々放射線科を〝検査屋〟と呼んで軽視する相手への意趣返しだった。

夢野はパーティが混乱に陥ることをあらかじめ想定していて、最後にスキャンダルを暴き、彼らが立候補できないようにするとともに、立候補すればあれこれ詮索され、ノンフィクションの素材にされるという噂を広めて、ほかの教授たちを牽制した。

無投票で院長に選ばれたところまでは、夢野のシナリオ通りだったが、誤算だったのは利佐子の変化である。船上パーティで副院長たちを陥れたあと、院長就任の準備に忙殺された夢野は、利佐子を顧みなかった。利佐子は夫を亡き者にされ、自分もほったらかしにされて、精神的に不安定になり、警視庁の厳しい追及にすべてを自白したのだった。

アスカがひとつ腑に落ちなかったのは、四人の副院長たちが、取材中に宇津々の名前を出したとたん、うろたえたり過剰に関係を否定したりしたことだ。それについては、別のところで鴨下が明かしてくれた。

「いやあ、宇津々院長が亡くなったとき、僕を含め、副院長連中は思いがけない展開を喜んだんですよ。宇津々院長は二期続投をほのめかしてましたからね。院長は人望があったので、ふたたび選挙に立候補すれば、当選の可能性は高かったんです。そうなれば、我々はまた四年待たなければならない。ところが急死でその目が消えて、我々副院長はこの件をできるだけ早く一件落着にしたいと思った。それで徳富先生がもっともらしい死因をつけて、解剖もせずに公式発表しちゃったんです。まあ、共謀して不正行為をしたと言われれば、返す言葉もありませんが」

やはりやましい側面はあったのだ。

保利はアスカをねぎらいながら調子よく言った。

「今回の取材は、予想外に大きなネタになったな。あっと驚くノンフィクションが書けるんじゃないか」

しかし、アスカの士気は上がらない。

「わたし、このネタをきちんと書き切る自信がありません」

「どうしてだ」

「だって、あんまりバカバカしすぎるんですもの」

「たしかに」

保利も苦笑いでうなずく。アスカがため息まじりにつぶやいた。

「わたし、大学病院のお医者さんて、もっと立派な人たちだと思っていました。でも、実際は社会性の欠如した人ばかりで、診察を受けるのが怖くなりました。医者の世界って、五十年前の小説『白い巨塔』と少しも変わっていないんですね」

「いや、時代が自由で豊かになった分、登場人物は幼児化し、状況はもっと嘆かわしいことになってるようだ。外から見る分には面白かったが」

「命を預ける相手なのに、こんな人たちで大丈夫なんでしょうか」

アスカは深い倦怠と虚無感に包まれてつぶやいた。保利が慰めるように言う。

「天大病院は特別だろう。ほかの病院にはもっとまともな医者もいるんじゃないか。患者は医者に理想を求めるが、医者からすると、現場の激務やストレスで、理想どころじゃないのかもしれないな」

医学的にも人格的にも優れた医師というのは、ぜったい事故を起こさない原発とか、嘘をつかない政治家とか、戦争のない世界みたいなものなのか。

うなだれているアスカに保利が言った。

「このネタはやはりきちんと書くべきだ。日本の医療界の実態を世間に知ってもらうためにもな」

「でも、どうやって」

「ありのまま書けばいいさ。三人称にして、君も俺も登場人物にすればいいんだ。タイトルはもう決まってるだろ」

「何です」

「『院長選挙』」

この作品は二〇一七年八月小社より刊行されたものです。

幻冬舎文庫

●好評既刊
告知
久坂部　羊

在宅医療専門看護師のわたしは日々、終末期の患者や家に籠る患者とその家族への対応に追われる。治らないがん、安楽死、人生の終焉……リアルだが、どこか救われる6つの傑作連作医療小説。

●最新刊
放課後の厨房男子　まかない飯篇
秋川滝美

喫茶店ケレスの特筆すべきはメニューの豊富さ。早速バイトの面接に向かった大地は……。焼き肉ピラフや特製オムライスなど、まかない飯もとびきり美味。垂涎必至のシリーズ第三弾。

●最新刊
喜劇　愛妻物語
足立　紳

稼ぎなし甲斐性なしのダメ夫にようやく仕事のチャンスが舞い込む。妻と5歳の娘とともに四国へ向かったが……。罵倒し合いながらも夫婦の関係を諦めない男女をコミカルに描く人間賛歌小説。

●最新刊
やっぱりミステリなふたり
太田忠司

交通事故で男が死亡。しかし彼が撥ねられる直前に青酸カリを服毒していた謎（「死ぬ前に殺された男」）ほか「容疑者・京堂新太郎」など愛知県警の氷の女王・景子と新太郎が大活躍する傑作7編。

●最新刊
キラキラ共和国
小川　糸

『ツバキ文具店』が帰ってきました！　亡くなった夫からの詫び状、憧れの文豪からの葉書、大切な人への最後の手紙……。今日もまた、一筋縄ではいかない代書依頼が鳩子のもとに舞い込みます。

院長選挙《いんちょうせんきょ》

久坂部羊《くさかべよう》

令和元年8月10日　初版発行

発行人——石原正康
編集人——高部真人
発行所——株式会社幻冬舎
〒151-0051東京都渋谷区千駄ヶ谷4-9-7
電話　03(5411)6222(営業)
　　　03(5411)6211(編集)
　　振替00120-8-767643
印刷・製本—図書印刷株式会社
装丁者——高橋雅之

幻冬舎文庫

ISBN978-4-344-42881-2　C0193　く-7-9

幻冬舎ホームページアドレス　https://www.gentosha.co.jp/
この本に関するご意見・ご感想をメールでお寄せいただく場合は、
comment@gentosha.co.jpまで。